Eugénie
Grenier-Talavéra

# Zone d'ombre

D1351817

## Données de catalogage avant publication (Canada)

Chabin, Laurent, 1957

    Zone d'ombre

    (Collection Atout; 28. Policier)
    Pour les jeunes de 10 ans et plus.

    ISBN 2-89428-364-4

    I. Titre. II. Collection : Atout ; 28. III. Collection : Atout. Policier.

PS8555.H17Z26 1999         jC843'.54         C99-940201-3
PS9555.H17Z26 1999
PZ23.C42Zo 1999

Les Éditions Hurtubise HMH bénéficient du soutien des institutions suivantes :

- Conseil des Arts du Canada.
- Programme d'aide au développement de l'industrie de l'édition.
- Société de développement des entreprises culturelles au Québec.

 Canadä

Directrice de la collection : **Catherine Germain**
Conception graphique : **Nicole Morisset**
Illustration de la couverture : **Alain Reno**
Mise en page : **Lucie Coulombe**

© Copyright 1999
Éditions Hurtubise HMH ltée
1815, avenue De Lorimier
Montréal (Québec)
H2K 3W6 Canada
Téléphone : (514) 523-1523

Dépôt légal/1er trimestre 1999
Bibliothèque nationale du Canada
Bibliothèque nationale du Québec

*Imprimé au Canada*

Laurent Chabin

# Zone d'ombre

Collection **Atout**

*dirigée par Catherine Germain*

**Laurent Chabin** a choisi de s'installer en Alberta, au pied des montagnes Rocheuses. C'est là qu'il s'est mis à écrire de façon professionnelle en commençant… par des contes de fées! «Je n'avais jamais pensé écrire des romans policiers, dit-il, jusqu'à ce que les éditions Hurtubise m'en demandent un! Après **L'Assassin impossible**, j'ai écrit **Piège à conviction** puis **Sang d'encre** et maintenant **Zone d'ombre**. J'en prépare un cinquième dans lequel Zach rencontre Louis Ferdine (le héros de **Sang d'encre**). Maintenant je suis mordu, je ne peux plus m'arrêter et j'aime ça! Quand un ou plusieurs personnages m'intéressent, j'aime les reprendre dans un autre livre, même s'il ne s'agit pas vraiment d'une suite.»

Dans **Zone d'ombre**, Laurent reprend en effet les personnages de **Piège à conviction**, mais dans une histoire totalement différente.

Laurent a reçu la mention honorable au prix Champlain 1998 (pour **L'Assassin impossible**), il a été finaliste du prix Christie 1996. Ses livres figurent dans de nombreuses sélections en France (prix littéraire des Vosges 1998) et au Canada (palmarès Livromanie).

# I

# ZACH

# 1

## Un cadavre sous la lune

Il y a un an encore, ce paysage m'aurait inspiré des idées noires. La lune découpant ces zones d'ombre parmi les arbres, le bruissement lugubre de la rivière coulant à mes pieds, la silhouette décharnée de la passerelle qui enjambe l'Elbow... J'aurais frissonné, j'aurais cherché dans le noir les créatures nocturnes que j'imaginais hanter les nuits de Calgary...

Aujourd'hui, c'est fini tout ça. Plus de fantômes dans mes nuits. Je ne crois plus à ces histoires. En lire, oui, tant qu'on voudra, toujours. En écrire, un jour, peut-être, j'aimerais bien... Mais c'est tout. Je ne veux plus me laisser piéger par mes propres illusions. Tout ce que je veux, c'est qu'on me laisse tranquille...

Je ne vois plus de monstres partout. C'est un progrès, d'accord, mais je ne veux pas pour autant me civiliser. Les autres m'ennuient, m'énervent, me dégoûtent toujours autant. Et pas plus qu'auparavant je ne veux les fréquenter. Sauf Bérénice.

Bérénice, c'est autre chose. C'est le bonheur, le paradis. Quand je suis avec elle, j'oublie tout le reste, même les livres. Je regarde le ciel, les fleurs, les petits oiseaux... je suis un imbécile. Oui, mais avec elle, avec elle seulement.

Je ne la vois pas tous les jours, pourtant. En dehors de l'école, je suis la plupart du temps seul, comme ce soir. Mais, dans le fond, ça me plaît ainsi. Je ne vais pas changer maintenant. Je déteste l'agitation, la foule. Je crois même que je pourrais passer le reste de ma vie à Calgary. Il est si facile d'y être seul... Souvent, elle a essayé de m'entraîner vers les autres, de m'ouvrir l'esprit, comme elle dit. Elle insiste :

— C'est l'anniversaire de Jean, c'est la graduation de Paul, c'est la fête chez Pierre... Viens donc avec nous, Zach, ça te changera les idées.

---

Me changer les idées! Mais je les aime comme elles sont, mes idées! Et ça ne m'intéresse pas de savoir ce que les autres en pensent, ni même ce qu'ils pensent en général. Alors, Zach par-ci, Zach par-là... Non.

Non et non. Les autres, ils m'ont assez soupçonné, assez noirci. Ils n'ont pas hésité à me charger de tous les vices, de toutes les tares. Ils m'ont détesté, méprisé, ignoré. Pour eux j'ai été la bête, je ne veux pas devenir la belle. Même pour Bérénice. Bérénice me suffit.

C'est ici, dans River Park, près de la rivière Elbow, que sa compagnie m'est le plus agréable. Son souvenir y est pour moi plus vivant qu'ailleurs. J'y viens parfois avec elle, mais très souvent aussi seul, à la nuit tombée. Seul? Pas tout à fait. Son ombre est là avec moi, son parfum, la blondeur de ses cheveux, j'entends presque sa voix dans le murmure de l'eau...

Oui, je sais, je rêve. Et alors? Est-ce qu'il y a mieux à faire? Je ne suis pas fait pour les soirées dansantes, pour répondre «bien merci» quand on me demande comment ça va, pour faire des risettes à des gens qui m'indiffèrent. Je ne les aime pas. Le monde est laid, les gens sont laids. Je suis laid moi-même…

Je ne me plains pas pour autant. Après tout, l'hiver est terminé. Plus de neige, la végétation commence à verdir, les soirées sont tièdes… Je rêve donc, assis sous les arbres, en contrebas du sentier qui longe la rivière, sur une grosse pierre, face au courant. Du sentier, on ne me voit probablement même pas. De toute façon, il n'y a personne dans le parc, à cette heure-ci. On y respire à l'aise. Les bancs sont vides, même les écureuils ont dû aller dormir. Et je me laisse aller moi-même à la somnolence, bercé par le clapotis monotone du courant.

Tout à coup, je suis réveillé par des éclats de voix. Dans mon dos, près de l'espace réservé aux tables de pique-nique, un couple est en train de se faire une scène. Une scène de ménage, ici? À cette heure? On n'est donc jamais tranquille!

Je ne comprends pas ce qu'ils se disent. Leurs voix sont déformées, les mots qu'ils se jettent violemment à la figure explosent comme des pétards lointains.

Cependant, la dispute a l'air assez virulente et je ne tiens pas à m'en mêler.

Heureusement, l'altercation est de courte durée et le silence retombe sur le parc aussi brusquement qu'il a été rompu. Ces sans-gêne ont dû partir, ou se réconcilier. C'est ça. On s'engueule et on s'embrasse! Imbéciles… Mais c'est trop tard. Ils ont réussi à m'énerver. Tant pis, je vais rentrer.

Et soudain, voilà que ça reprend. Pire encore, ils en sont aux coups, maintenant. Plus une parole, mais des grognements, un bruit de lutte. Un cri aigu. C'est infernal, à la fin! Si les gens ne se supportent pas, s'ils ne peuvent pas se voir sans finir par se cogner dessus, pourquoi restent-ils ensemble? Les Plaines sont assez vastes, non? Une telle incohérence, ça me dépasse.

Je n'ai pas envie de faire partie du spectacle. Je me rassois, en attendant que ça passe. Je repartirai quand ces deux sauvages auront disparu de la circulation. Ça ne prend pas longtemps, d'ailleurs. Un dernier coup, plutôt sourd, et ça se calme. Tant mieux. Mais j'attends tout de même quelques minutes dans le silence, pour être certain que la voie soit libre.

Quelle tranquillité, enfin. Mon blouson sur l'épaule, je grimpe sur la berge, sors du rideau d'arbres qui borde la rive et m'avance sur le chemin. Le parc est tout en longueur, coincé entre la rivière et la côte abrupte qui monte jusqu'au niveau des premières maisons. L'endroit, baigné par la lumière de la lune, est désert. À croire que les deux querelleurs se sont évanouis dans la nature.

Tout à coup, mon attention est attirée par une forme oblongue, allongée sur un des bancs, à une cinquantaine de pas. Le couple de tout à l'heure? Ont-ils oublié quelque chose? Je ne distingue pas bien. On dirait un manteau, abandonné sur le banc.

Machinalement, je m'en approche à pas lents. Mais, inexplicablement, au fur et à mesure de mon avance, je ressens une sorte d'inquiétude m'envahir. Cette chose, là, sur le banc, ce n'est pas un manteau. Un manteau n'a pas de jambes!

Je n'aime pas ça. Je devrais rebrousser chemin.

Et puis flûte! Et pourquoi donc? C'est par ici le plus court trajet pour rentrer chez moi. Après tout, ce n'est peut-être qu'un ivrogne qui cuve sa bière après s'être disputé avec sa blonde. Je n'ai qu'à passer sans me poser de questions.

Tout de même. Son allure est bizarre. Couché sur le dos, bras et jambes pendants, inertes. Au moment où je passe devant lui, à quelques mètres à peine, je suis frappé par l'aspect du visage, violemment éclairé par la lune. Ce teint maladivement pâle, ce blouson de cuir sale et usé... Il n'y a pas de doute possible, je le connais, ce garçon! C'est Matthieu! Et il ne dort pas! Sa bouche aux lèvres violacées est ouverte, figée dans un affreux rictus. Un léger filet de sang coule d'une de ses narines.

Du sang! Le mien reflue brusquement de mon cœur. C'est comme s'il descendait dans mes jambes, tombait dans mes chaussures. Je ne peux pas détacher mes yeux de cette figure blême.

Oh non, il ne dort pas! Oui, c'est bien Matthieu! Je l'ai rencontré encore pas plus tard qu'hier. Seulement, hier, il était vivant!

# 2

## OUBLI FATAL

Je suis complètement abasourdi. Ce n'est pas vrai! Ça recommence donc! C'est une vraie malédiction, à la fin! Est-ce que j'attire les cadavres?

Incapable de réfléchir, je reste immobile près de ce banc, jetant tout autour de moi un regard de bête traquée. Personne. Le parc est aussi silencieux qu'un cimetière. Nous ne sommes que deux. Moi, et… lui.

C'est alors seulement que je me rends compte que je ne sais rien de lui, finalement. Je ne connais que son prénom. Tout ce que je sais, c'est que je ne l'aime pas. Que je ne l'aimais pas, du moins, puisque maintenant il est mort…

Qui est-il vraiment? Je n'en sais rien. Je ne l'ai vu que deux fois, en fait. Ça m'a suffi. La première fois, c'était il y a un peu moins d'une semaine, après la sortie de l'école. Il était assez tard. Pour une fois, j'avais accepté de suivre Bérénice à la terrasse d'un café de la 4$^e$ rue Sud-Ouest. Une rue de cafés et de restaurants, justement, une des rares rues de Calgary dans laquelle on a l'impression de se trouver dans une ville.

Stéphanie était avec nous. C'est elle qui avait invité Bérénice et Bérénice, à son tour, avait insisté pour que je l'accompagne. Je me suis fait prier, comme d'habitude, puis j'ai cédé. Pour faire plaisir à Bérénice.

Avec les beaux jours, les cafés débordent sur les trottoirs et y installent des terrasses en plein air. C'est là que nous avons retrouvé Matthieu. C'était un copain de Stéphanie, que j'ai trouvé assez déplaisant. Très vite je me suis ennuyé. Ces histoires de danse, de voitures et de sorties en boîtes de nuit, qui semblaient seules les intéresser, ne font pas partie de mon monde. Alors, au bout d'un moment, je suis parti discrètement.

Une fois sur le trottoir, j'ai eu un instant de flottement puis je me suis retourné et j'ai constaté amèrement que personne ne paraissait avoir remarqué mon départ. Je me suis donc remis en marche, les yeux baissés, à la fois frustré et résigné.

C'est alors que je me suis cogné dans quelqu'un qui arrivait en sens inverse. J'ai bredouillé quelques vagues excuses, mais l'autre, absolument sans raison, s'est mis à m'insulter. Quelle mauvaise foi! Je ne l'avais pas fait exprès. Pourquoi cette agressivité injustifiée? Ce type avait une sale tête, il faut le dire. Une allure d'extraterrestre, avec sa coiffure punk d'un vert agressif. Vingt, vingt-cinq ans, peut-être, l'air méprisant, sûr de lui, le genre de regard mauvais qui vous déshabille d'un seul coup.

Qu'allais-je faire? Le prendre au collet? Le provoquer? Exiger des excuses? Oui, sans doute. Je voulais le faire. Je le voulais vraiment. *J'allais* le faire. J'ai serré les poings, j'ai détourné les yeux et... je suis allé me cacher dans un abri d'autobus, à quelques pas de là! Dans ce refuge, tremblant encore sous le coup de la colère et de l'humiliation, j'ai enfin osé me retourner pour voir s'il n'allait pas me suivre et me chercher des ennuis.

---

Non. Apparemment, le type m'avait déjà oublié. Il s'en allait vers la terrasse du café et, à mon grand étonnement, il s'est dirigé sans hésitation vers Bérénice et les deux autres. Bérénice s'est immédiatement renfrognée, mais le nouveau venu s'est assis à leur table, l'allure d'un conquérant, tandis que Matthieu le saluait d'un air complice.

Bérénice semblait vraiment furieuse. Furieuse et dégoûtée. Je ne sais pas si elle le connaissait, mais le genre de connivence douteuse qui existait manifestement entre le nouveau venu et l'ami de Stéphanie n'avait pas l'air de l'enchanter.

C'est à ce moment que Bérénice a levé la tête et m'a aperçu, piteusement planté derrière l'abri d'autobus. Du coup, je me suis senti complètement ridicule, empêtré. J'ai rougi de honte et j'ai tourné les talons, puis j'ai disparu rapidement sans me retourner.

Malgré tout, je n'aurais peut-être pas attaché une grande importance à cet incident si je n'avais pas revu ce sombre individu quelques jours plus tard. C'est-à-dire hier soir. Il attendait Bérénice à la sortie de l'école. Il la guettait, plutôt, parce qu'elle n'avait pas l'air spécialement réjouie de le rencontrer.

J'ai assisté à la scène parce que, machinalement, je la suivais. Comme d'habitude. Entendons-nous bien : je ne suis ni un espion ni un chaperon, je ne surveille pas ses faits et gestes, ni ses fréquentations. Je ne suis pas toujours derrière elle comme un garde du corps ou comme un petit chien.

Je la suis comme ça, parce que, pour rentrer chez moi, nous avons cent mètres de trottoir en commun, jusqu'à son arrêt d'autobus. Je pourrais l'accompagner, bien sûr, discuter avec elle, profiter de sa présence, mais... je n'ose pas. C'est idiot, je sais, nous nous connaissons suffisamment pour nous parler sans avoir à prendre de rendez-vous, mais je n'ose tout simplement pas. C'est comme ça.

Le regard des autres, encore et toujours. J'imagine leurs réflexions, leurs sourires entendus, leurs ricanements stupides. Zach, ce grand niais toujours dans la lune, habillé en dehors de toute mode, incapable d'articuler deux phrases sensées, aux côtés de Bérénice, superbe, éblouissante, avec qui la moitié des garçons de l'école rêve de sortir. La belle et la bête !

Non. Si je vois Bérénice, quelquefois, c'est toujours en dehors de l'école, en fin de semaine ou pendant les vacances. Et puis c'est vrai qu'en semaine, elle a toujours une nuée d'admirateurs derrière elle. Pas méchants, non, mais ça m'énerve quand même. Je ne veux pas hurler avec la meute.

Donc je la suivais, la tête ailleurs, le nez sur le trottoir. Je n'ai pas vu arriver le type. Mais quand j'ai levé les yeux, à un moment, je l'ai vu près de Bérénice. Elle ne s'était pas arrêtée et ne semblait pas vouloir le faire. Lui, il marchait à côté d'elle en lui tenant le bras mais, manifestement, elle essayait de se dégager, l'air excédé.

Qu'est-ce qu'il lui voulait ? Un adulte qui aborde ainsi une jeune fille à la sortie de l'école, ce n'est pas pour lui vendre des cornets de crème glacée ou lui proposer de visiter une exposition de papillons exotiques.

Ce n'était pas non plus un simple don Juan qui tentait sa chance auprès d'une belle fille rencontrée une semaine plus tôt dans un café. Le gars parlait peu et, manifestement, il ne cherchait pas à se rendre aimable. Il y avait autre chose dans ce face-à-face, qui excluait toute familiarité et en même temps tout hasard. Une sorte de menace…

Je me suis conduit comme un idiot, maintenant que j'y songe. J'aurais dû hâter le pas, les rejoindre, intervenir, cette fois, demander des explications. Mais non. Je suis resté là planté comme un arbre. Je m'imaginais volant à son secours, bien sûr, envoyant le gêneur au sol d'un coup de poing, l'exécutant d'une réplique bien sentie… Mais, au bout du compte, comme c'était à prévoir, je n'ai pas bougé les pieds d'un centimètre.

Finalement, l'autobus est arrivé et Bérénice y est montée. Seule. Le type est resté là, un mauvais sourire aux lèvres. C'est alors que j'ai aperçu Matthieu sur le trottoir d'en face, essayant de se dissimuler derrière les voitures. Qu'est-ce qu'il faisait là, lui aussi ? Qu'est-ce qui se tramait autour de Bérénice ? Subitement, j'ai vu rouge.

Je ne sais pas de quoi j'avais l'air, immobile sur ce trottoir, submergé par la colère, mais, au moment où l'autobus a redémarré et est passé près de moi, j'ai aperçu par la vitre le visage étonné de Bérénice. Étonné, sans aucun doute, parce que c'était la première fois qu'elle pouvait lire sur le mien une telle expression de haine.

Dire que j'avais pensé, ce soir, me calmer un peu en allant respirer l'air du parc, oublier cet incident pénible. Et voilà que, pour la troisième fois, je tombe sur ce Matthieu de malheur. Mais cette fois, il est mort!

Je ne vais pas verser de larmes de crocodile, non. Tant pis pour lui. Mais tout de même. Est-ce que je ne pouvais pas me trouver ailleurs? Et lui, ne pouvait-il pas aller crever directement en enfer? Je me retrouve, pour la deuxième fois de ma vie, avec un cadavre sur le dos*, un cadavre avec lequel je n'ai absolument rien à voir sinon qu'il a choisi pour mourir l'endroit que j'avais choisi pour me promener!

Mais non. Cette fois, je ne me laisserai pas avoir. Personne ne me trouvera sur

* Voir *Piège à conviction*, Collection Atout policier n° 20.

le lieu d'un crime, personne ne m'y verra passer. Pourquoi ce garçon est mort, je ne veux pas le savoir. Quelqu'un d'autre le trouvera bien demain matin. Ce n'est pas mon problème. Tout ce qui me reste à faire, c'est disparaître avant qu'un promeneur attardé n'arrive et remarque ma présence.

D'accord, disparaître. Mais ce n'est pas le moment de m'affoler. Réfléchissons. Me mettre à courir, filer tout droit vers le stationnement, ou bien prendre le sentier qui grimpe jusqu'à la première rue... Et puis quoi ? Tomber nez à nez avec la femme qui vient de se quereller avec lui ? Qui, selon toute vraisemblance, vient même de l'assassiner ?

Pas question. Elle est peut-être encore en train de rôder dans le coin. Je ne veux pas prendre de risque. Une seule solution, partir dans l'autre sens. Prendre la passerelle et suivre la rive droite de l'Elbow, même si je dois faire cinq kilomètres à pied jusqu'au pont suivant pour rentrer chez moi.

Cette passerelle est une sorte de léger pont suspendu. Elle grince de partout quand un chien la traverse, un homme y fait un boucan épouvantable. N'ayant rien entendu, je suis donc certain que personne n'est passé par là depuis plus d'une demi-heure. Pas de temps à perdre. Je rebrousse chemin et m'élance vers la rivière.

En arrivant à la passerelle, je ralentis et commence à la traverser à pas lents. Je sens mon cœur battre à tout rompre, mais je m'efforce d'avancer le plus doucement possible pour éviter les grincements.

Accélérer, ce serait faire un bruit d'enfer et me faire repérer par le premier passant venu. Pris comme dans un étau entre l'angoisse d'être vu et celle d'être entendu, j'ai l'impression de marcher sur un champ de mines où je risque à tout moment de sauter. Il me semble que cette traversée dure des heures…

Et soudain, alors que je me trouve déjà presque à l'autre extrémité du pont, je me rends compte que mes mains, que j'appuie prudemment sur la balustrade, sont vides. Vides !

Mon blouson ! C'est la panique ! Je me souviens, maintenant. Dans mon trouble, je l'ai laissé tomber près du cadavre !

# 3

## Meurtrière !

Ça y est ! C'est reparti ! On va me coller un meurtre sur le dos ! Et là, j'aurai du mal à m'en sortir. Des blousons comme le mien, il n'y en a pas des dizaines à Calgary. Du daim vert ! Du daim vert Véronèse !

Il faut que j'y retourne, il faut que je le récupère en vitesse ! Et pourtant, ce n'est pas le moment de paniquer. Je dois me faire violence pour ne pas me mettre à courir. La passerelle se balancerait dans tous les sens et grincerait, hurlerait plus fort qu'une sirène de pompiers ! Je serais dans de beaux draps, si quelqu'un survenait au moment où je ramasse mon blouson près d'un cadavre encore chaud !

C'est un vrai supplice. Je dois refaire en sens inverse, à une allure de hérisson, le chemin qui m'a déjà tellement coûté à l'aller. J'avance sur la pointe des pieds, le rythme cardiaque emballé, une sueur glaciale me coulant le long du dos.

Arrivé à l'extrémité du pont, je quitte le sentier pour couper à travers les arbres. Le chemin est un peu plus court jusqu'à l'aire de pique-nique et, surtout, je serai moins visible pour un éventuel passant. Ou pour l'assassin, s'il rôde encore dans le coin…

J'avance en zigzag, me glissant d'un tronc à l'autre, comme si toute une foule se trouvait là, les yeux braqués sur moi. C'est idiot, je m'en rends compte. Des nuages masquent maintenant la lune et l'obscurité, quasi totale sous les arbres, m'empêcherait de reconnaître ma propre mère à vingt pas.

Cependant, l'angoisse qui m'étreint est si forte que j'ai du mal à mettre un pied devant l'autre. J'ai dit que j'aimais la nuit, le silence, la solitude ? Peut-être. Je ne sais pas toujours ce que je dis. Que ne donnerais-je pas, en ce moment, pour me trouver sur un terrain de base-ball un dimanche après-midi, avec soleil, pop-corn et spectateurs hurlants !

Allons, encore quelques pas et je déboucherai sur un espace dégagé d'où j'apercevrai les tables et… le corps.

Soudain, le cœur me manque de nouveau. J'arrive trop tard ! Je ne suis pas seul ici ! Et il n'est pas question, cette fois-ci, d'un passant anodin ! Je me jette derrière un tronc et m'accroupis, paralysé par une peur panique.

Le cadavre n'est plus sur le banc où je l'ai trouvé. Il est allongé par terre, à mi-chemin entre les tables de pique-nique et la berge. Penchée au-dessus de lui, une ombre l'a empoigné par les épaules et le traîne vers la rivière, péniblement. La lumière est trop faible, impossible de distinguer les traits de l'inconnu. D'ailleurs, courbée par l'effort, la silhouette mystérieuse ne me présente que son dos, de trois quarts, et une partie de son côté droit.

Pétrifié, impuissant derrière mon arbre, j'assiste à la scène, osant à peine respirer. L'assassin – car ce ne peut être que lui qui agit ainsi pour effacer les traces de son crime – l'assassin, donc, semble avoir du mal à effectuer son sale travail. Il faut dire que l'assassiné n'était pas particulièrement malingre.

Le meurtrier s'arrête souvent pour reprendre son souffle. Il lui reste encore quelques mètres à faire avant d'atteindre l'eau. L'Elbow, en cette saison où la neige fond encore en montagne, roule des eaux rapides et bouillonnantes. Son dessein est clair : balancer sa victime à l'eau, la faire disparaître. Ce que je ne comprends pas, c'est pourquoi il ne l'a pas fait immédiatement après le crime. Pourquoi est-il revenu, au risque de se faire surprendre ?

Et puis je me pose une autre question, autrement moins innocente. Ce type, en revenant vers sa victime, m'a-t-il vu près d'elle ? Une chose est certaine, il a dû trouver mon blouson. Et là, je me liquéfie complètement. Qu'importe qu'il m'ait vu ou non ! Même s'il ne l'a pas fait, ça ne change pas grand-chose ! Non seulement ce blouson est voyant, mais mes papiers se trouvent dans la poche intérieure !

Je me sens comme noyé dans du goudron brûlant. Un assassin qui me tient en son pouvoir se trouve à quelques pas de moi! Je devrais tenter quelque chose, bondir de ma cachette, le prendre à la gorge, l'assommer, récupérer mon blouson...

Je pourrais, oui. Il a l'air exténué. Il vient encore de s'arrêter. Courbé comme il l'est, j'aurais l'avantage. Je devrais, je pourrais, j'aurais... des conditionnels, toujours. Mais, au moment même où j'y pense, je sais que je ne le ferai pas. J'ai toujours été incapable d'agir. Qui m'en empêche? Personne. Moi-même. Je me connais bien. Je suis mon pire ennemi. Et, jusqu'à aujourd'hui, le seul véritable...

L'autre, l'inconnu, se tient toujours là, tout près. Il vient de se redresser en soupirant. Il jette un regard inquiet tout autour de lui.

C'est alors que je remarque ses cheveux, qui ont suivi son mouvement de tête. Longs et clairs. Je n'ai pas vu le visage, mais j'examine plus attentivement sa silhouette. La courbe des hanches, la façon de plier les genoux lorsqu'elle se baisse pour reprendre le corps aux épaules, pas de doute, c'est une femme!

Une jeune femme, assez frêle. Bien sûr! J'aurais pu m'en douter plus tôt. C'est avec elle que Matthieu se disputait bruyamment tout à l'heure. La querelle a mal tourné. Et je comprends, maintenant, pourquoi elle a tourné court. Faute de combattants.

Assez frêle, la jeune femme, ai-je dit? Assez forte cependant pour estourbir un individu qui n'avait pas l'allure d'un enfant de chœur. Jalousie, règlement de compte? Je m'en ficherais, si je ne me trouvais pas aux premières loges. Aux premières loges! Sur la scène, oui! Au beau milieu! Sous les projecteurs!

Si au moins j'étais un héros... Mais l'idée qui m'a effleuré lorsque j'ai compris que cette silhouette était celle d'une femme, l'idée que, peut-être, je pourrais en triompher plus facilement, m'a quitté aussi vite qu'elle m'était venue. C'était une pensée politiquement incorrecte, d'ailleurs...

Sexe faible! Plus personne n'y croit. Cette femme-là me retournerait comme une crêpe, m'aplatirait comme une araignée, me broierait d'une seule main. Qu'est-ce que j'espère donc? Rien. Un insecte écrasé ne serait pas plus immobile, plus misérable que moi. Un chat passerait sur mes pieds sans même me voir…

La femme a repris sa besogne. Elle est rendue maintenant aux galets qui bordent cet endroit de la berge pour que les enfants puissent jouer et patauger. Le bruit des pierres qui roulent et s'entrechoquent sous le passage du corps inerte me fait froid dans le dos.

Un dernier effort et ça y est. Le cadavre est à l'eau. La jeune femme le pousse dans le courant, s'aidant des mains, des pieds. Le corps tournoie un instant puis disparaît, entraîné par les remous. La fille reste seule, debout, de l'eau jusqu'aux genoux. Elle semble exténuée. C'est alors que la lune réapparaît. Juste au bon moment, comme au cinéma, comme si c'était écrit dans le scénario, comme si tout était arrangé depuis le début ! Et le dos de la meurtrière se trouve soudainement éclairé…

Un nouveau malaise s'empare alors de moi. Il ne s'agit plus de peur, mais d'un pressentiment sinistre. Cette silhouette…

---

Elle ne m'est pas inconnue... J'avale péniblement ma salive.

Alors, la fille se retourne enfin vers la rive et son visage m'apparaît en pleine lumière.

Bérénice!

# 4

## LE BLOUSON

« C'est froid et silencieux, chez moi. Comme une petite nuit dans un coin de la grande, exprès pour moi tout seul. »

Ce n'est pas de moi. C'est une phrase de Louis Ferdine, que j'ai lue dans un de ses derniers romans, *Sang d'encre**. Mais j'aurais aussi bien pu l'écrire moi-même. C'est effectivement froid et silencieux, chez moi, et je ne vaux guère mieux que les personnages de Ferdine.

J'ai la fièvre. Du moins je le crois. Mais, imaginaire ou non, cette fièvre m'a cloué au lit ce matin. Combien de temps suis-je resté recroquevillé derrière mon arbre, hier, après le départ de Bérénice ? Cinq minutes, une heure ? Je ne sais plus. Le temps s'était arrêté.

* Collection Atout policier, n° 24.

Anéanti sous le choc, après l'avoir vue traîner dans l'eau le corps de Matthieu qu'elle venait de supprimer froidement, après l'avoir vue s'éloigner rapidement, presque en courant, sans se retourner, je suis demeuré immobile. Immobile et muet.

Dix fois, cent fois, pendant la nuit, j'ai revu cette scène comme un rêve, dans l'ombre de ma chambre. Bérénice, debout dans l'eau, se retournant vers moi, le visage resplendissant sous la lune. Cette image m'obsède. Elle m'obsède et me tracasse. Il y a en elle quelque chose qui cloche, mais je n'arrive pas à déterminer ce que c'est. Je ne vois qu'une chose, Bérénice. Bérénice m'apparaissant dans la lumière comme une divinité sortant des eaux. C'est idiot, je sais, je déraille sans doute, mais cette vision me remplit l'esprit et m'empêche de voir le reste.

Des questions sans réponse, ce n'est pourtant pas ce qui manque. Tout d'abord, comment une fille comme Bérénice a-t-elle pu en arriver à assassiner quelqu'un? Dans quel piège infernal a-t-elle pu tomber pour n'avoir d'autre solution que de tuer?

Deuxièmement, pourquoi est-elle revenue ensuite ? Pour faire disparaître le corps, simplement ? Absurde. Le meurtre étant commis, elle n'avait plus qu'à disparaître à son tour. Pas vu, pas pris. Les cadavres, de toute façon, on finit toujours par les découvrir. Si elle a pris un tel risque, c'est qu'elle avait une bonne raison de le faire. Avait-elle oublié quelque chose, un objet, un indice accusateur ?

Soudain, je me redresse sur mon lit. Bien sûr ! Moi-même, si je suis revenu sur les lieux, n'est-ce pas précisément pour cette raison ! L'élément incongru, le détail essentiel, celui qui me chiffonne inconsciemment depuis hier soir ! Mon blouson ! Comment ai-je pu l'oublier ? Comment ai-je pu ne pas y penser depuis ?

C'est dans l'affolement le plus total, l'esprit entièrement occupé par la vision de Bérénice, que j'ai quitté le parc en y laissant mon blouson, oubliant que c'était pour cette seule raison que j'y étais revenu.

Mais alors, qu'est-il devenu ? Bérénice a dû le trouver. Il ne peut pas en être autrement. Or, j'ai beau me rappeler la scène, je suis certain qu'elle avait les mains vides lorsque je l'ai vue disparaître dans la nuit.

Pourquoi ne me suis-je pas levé à ce moment-là, pourquoi n'ai-je pas crié ? Qu'avais-je à lui reprocher, après tout ? Si elle a tué Matthieu, je suppose que c'est parce qu'il l'avait menacée, ou attaquée. Elle était en état de légitime défense.

Bérénice n'est pas une criminelle. Je le sais, moi, je le lui aurais dit. Tuer quelqu'un, bien sûr… Mais elle avait sans doute ses raisons de le faire. Je dirais même qu'elle a eu raison tout court, sinon elle ne l'aurait pas fait. C'est parfaitement clair dans ma tête.

Évidemment, ce n'est pas ce que pensera la police lorsqu'elle repêchera le cadavre mais, au moins, j'aurais déjà pu lui faire comprendre que j'étais avec elle, l'assurer de mon soutien. Inconditionnel. Parce que, attention ! quand on touche à Bérénice, je mords !

Oui… C'est ce que j'aurais dû faire. J'aurais dû mordre, sans aucun doute. Avant… Mais je ne l'ai pas fait. Au lieu de ça, je suis en train de me ronger les sangs dans mon lit. Dans mon lit! Alors que Bérénice est dans les ennuis jusqu'au cou!

Faire quelque chose, oui, mais quoi? Toujours le même problème. Agir, je ne sais pas, moi. Et puis, avant d'agir, il faut savoir. Or je ne sais rien de tout ce qui se cache derrière ce drame, rien de ce qui l'a précédé.

Je n'ai aucune idée de ce qu'étaient les relations de Bérénice avec Matthieu. Qu'avaient-ils en commun? Pourquoi se trouvait-elle avec lui à une heure pareille au bord de la rivière? Oui, je sais, elle n'y était pas obligée. Et j'y étais bien moi-même… Après tout, de quoi est-ce que je me mêle?

Si au moins je savais précisément ce que Bérénice pense de moi. Il y a quelques jours encore, je m'imaginais que je ne lui étais pas indifférent, que, peut-être, elle avait un petit sentiment pour moi. Allons donc, est-ce qu'une fois de plus, je ne me suis pas monté tout un roman?

On me l'a assez dit, que je ne vois pas les choses en face. Quel naïf je fais! Ne pourrais-je pas ouvrir enfin les yeux?

Comprendre? Que suis-je pour elle, que puis-je être, sinon un divertissement? Si elle insiste pour me faire sortir avec ses amis, ce n'est évidemment pas pour le plaisir de ma conversation : je ne dis rien!

C'est bien plutôt pour me montrer, comme on exhibe un chien savant ou un objet curieux qu'on a hérité d'une vieille tante farfelue. Je l'amuse, oui, je la distrais. D'ailleurs elle ne rit jamais, avec moi, alors qu'elle le fait avec les autres. De quoi rit-elle? De qui? De moi, probablement...

Et puis, mettons-nous à sa place. Depuis une semaine, elle ne peut pas relever le nez, dans un café, dans la rue ou dans un autobus, sans que j'apparaisse là sous ses yeux, sans prévenir, en train de la dévisager, l'air de venir d'une autre planète. Zach le gêneur, Zach l'espion, Zach toujours là quand on n'a pas besoin de lui...

Mon blouson? Elle ne l'a sans doute même pas vu. Un chiffon quelconque qui traînait là. Elle avait autre chose en tête, autre chose à faire qu'identifier une guenille abandonnée dans un parc. Comment ai-je pu être assez prétentieux pour penser qu'elle y prêterait assez d'attention pour le reconnaître !

Je n'ai qu'une chose à faire. Me secouer et filer en vitesse à River Park, ramasser mon blouson dans la poussière où il doit dormir depuis hier soir, rentrer ici et ne m'occuper de rien d'autre.

Et pourtant non. Je ne peux pas abandonner Bérénice. C'est vrai que je ne sais pas ce qu'elle pense à mon sujet, mais ce n'est pas une raison. Quoi qu'elle ait pu faire, et pour quelque raison que ce soit, elle est dans une sale situation. Je ne peux pas la lâcher.

Il y a trop d'ombre autour d'elle, trop d'inconnu. Trop de menaces. Je devine que tout ça n'est que le début de quelque chose de bien pire. Un engrenage diabolique dans lequel elle a mis le doigt.

Matthieu est mort, d'accord, mais l'autre ? Je revois soudain ce type aux cheveux verts, dont j'ignore le nom, mais qui semble avoir été là partout où se trouvait Matthieu. Tout tourne autour de ces deux-là. Ils faisaient partie d'une même bande, c'est certain. Et maintenant que Matthieu a été tué, comment va réagir son complice ? Il va vouloir le venger, c'est évident. Ça ne va pas traîner ! Bérénice est en danger !

Tout à coup, je sursaute. On vient de sonner à la porte ! Je me redresse brusquement et m'assois au bord du lit. Le facteur ? Une lettre recommandée ? Il n'a qu'à mettre un avis dans la boîte, je n'ai pas envie de me déranger pour lui. Je ne bouge pas mais, instinctivement, je tends l'oreille pour l'entendre repartir dans l'allée.

On sonne de nouveau ! Ce n'est donc ni le facteur, ni un employé du gaz, ni un démarcheur quelconque. Ces gens-là ne sonnent jamais deux fois, quoi qu'on en dise. Qui peut bien venir, alors ? Qui peut insister comme ça ?

Troisième sonnerie. J'avale ma salive avec peine et me force à l'immobilité absolue. C'est moi qu'on cherche, c'est moi qu'on veut, c'est clair. Mais qui ? Quelqu'un qui sait que je suis là, en tout cas. Ou qui s'en doute. Bérénice ? Doucement, très doucement, je sors de ma chambre et me dirige vers la baie vitrée qui jouxte la porte d'entrée, dans le salon. En y jetant un coup d'œil avec précaution, je pourrai voir qui est là.

J'avance sur la pointe des pieds, puis, une fois dans le salon, à quatre pattes. La baie vitrée s'ouvre à un mètre du sol; debout, je serais vu avant de voir. Rampant maladroitement, j'arrive au coin de la vitre. Je dois avoir l'air parfaitement ridicule mais je m'en fiche, j'ai l'habitude. Enfin, je relève lentement la tête, essayant de regarder à l'extérieur sans dévoiler moi-même ma présence à l'inconnu.

C'est alors que j'entends un raclement de pieds, juste sous la fenêtre. Je m'aplatis sur le sol. Le bruit s'éloigne lentement, toujours le long du mur. On veut faire le tour de la maison, probablement pour passer dans le jardin. Qui?

Surmontant ma peur, je relève de nouveau la tête. Et je me fige aussitôt, frappé de stupeur. Je n'ai eu que le temps de voir disparaître, derrière l'angle de la maison, un garçon de mon âge à peu près, dont je n'ai entrevu que le dos. Mais, sur ce dos, j'en mettrais ma main au feu, il y avait mon propre blouson!

Je suis atterré. D'autant plus que j'ai eu l'impression de reconnaître cette silhouette…

Lui? Non… C'est impossible!

# II

# BÉRÉNICE

# 1

## LE RÊVE DU PAPILLON

Zach est un garçon bizarre. Oui, ça, je le sais depuis longtemps. Mais avant, je veux dire avant les événements de l'année passée, quand il a été accusé d'un crime qu'il n'avait pas commis, il m'était totalement indifférent. Je peux même dire qu'avant cette sinistre aventure dans les cheminées de fées, au printemps dernier, je l'ignorais complètement. Je... comment dire ? Je ne le voyais même pas. Il était incolore, insipide, transparent...

Depuis, j'ai appris à le voir d'un autre œil. Je l'ai rencontré souvent pendant les vacances d'été, puisqu'il ne voyage pratiquement jamais. Il a quitté Calgary pour la première fois de sa vie l'an passé, et ça n'a pas duré deux jours. Par la suite, j'ai fait du canot avec lui, des promenades, nous avons écouté de la musique. Et pourtant…

Pourtant, je ne comprends pas ce que je lui trouve. Je pourrais en parler à quelqu'un, mais je ne veux pas. Je n'ai pas besoin qu'on rie de moi. Tout ce que je sais, c'est que j'ai envie de le voir, de temps en temps. Ou plutôt non, ce n'est pas une envie. C'est presque une nécessité…

Est-ce que je suis amoureuse de lui ? Non, je ne crois pas. On ne peut pas appeler ça comme ça. C'est triste à dire, d'ailleurs, mais je ne peux même pas dire que Zach me soit sympathique. Il n'est pas drôle, il est timide, maladroit et, la plupart du temps, plutôt apathique. Il est… pénible. Vraiment, j'ai beau essayer d'analyser mes sentiments pour lui, j'en arrive toujours à cette certitude : je ne l'aime pas. C'est autre chose. Une attirance curieuse, impérieuse, qui n'est certainement pas l'amour. Ce n'est pas de l'amitié non plus, j'en suis sûre. Nous sommes trop différents pour être amis. Comment expliquer ça ? Je ne sais pas.

En fait, j'ai parfois l'impression qu'il vit dans un autre monde, tout simplement.

C'est peut-être ça qui m'attire chez lui. Son étrangeté, le sentiment qu'il existe un autre univers tout proche dans lequel il évolue en solitaire et que, parfois, j'aimerais découvrir moi aussi.

Mais je suis trop rationnelle, sans doute, trop sérieuse. Trop sérieuse! Allons bon! Est-ce que je manque à ce point d'imagination? Zach nage dans ses livres, dans sa musique, dans des rêves qui ne sont colorés que pour lui, et moi je ne peux en saisir que des bribes, des fragments éclatés et fugaces. Mais ce monde m'est interdit. Je m'arrête sur le seuil... Drôle de garçon.

J'en ai discuté avec lui, une fois. Enfin, j'ai essayé. Mais il n'a pas l'air de comprendre lui-même sa propre nature. Nous étions assis sur un banc, en face de l'Elbow, dans ce parc minuscule, tout en longueur, dans lequel, je ne sais pas pourquoi, il aime bien aller.

C'est là qu'après un long silence gêné, après avoir dessiné pendant cinq bonnes minutes des ronds sur le sol poussiéreux avec sa chaussure droite, il m'a déclaré, à voix basse, comme s'il parlait tout seul :

— Il y a des jours où je ne suis même pas certain d'exister vraiment. Je ne sais pas comment t'expliquer. C'est comme si je n'étais qu'une marionnette, une silhouette de passage dans un monde inventé, une figurine qu'un inconnu s'amuse à déplacer sur un échiquier selon une règle que j'ignore…

— Tu exagères un peu, non ? lui ai-je dit. Ça t'arrange bien de croire que tu n'existes pas. Ça te permet d'éluder les questions pour ne pas y répondre. C'est trop facile. Je me demande si tu n'es pas tout simplement paresseux.

— Tu ne comprends pas, Bérénice. Ce n'est pas aussi simple, c'est plus profond que ça, beaucoup plus profond. Pourquoi sommes-nous là ? Dans quel but ? Tu trouves que ça a du sens, toi ? Et puis, dans le fond, comment peut-on être sûr de quoi que ce soit ? Tout n'est peut-être qu'illusion…

— Franchement, Zach, tu cherches les problèmes où il n'y en a pas. Je suis là, il me semble, en face de toi, en chair et en os. Je te parle, je t'écoute, je peux prendre ta main… Je ne suis pas un fantôme !

— Un fantôme, non, bien sûr. Mais un rêve, peut-être. Mon rêve…

Son rêve! J'ai éclaté de rire. Dans un sens, j'étais flattée, sachant à quel point il est difficile. Mais tout de même, me voir ainsi réduite à un spectre épisodique, ne vivant que temporairement dans les songes de ce garçon étrange…

Après un long silence, Zach a repris :

— Tu connais le rêve du papillon?

— Le papillon? Quel papillon?

— Le rêve du papillon et du philosophe. C'est une histoire très ancienne. Chuang Tzu, un philosophe, se réveille un jour et déclare à ses disciples qu'il vient de rêver qu'il était un papillon. Puis il réfléchit un moment et ajoute : *Mais suis-je réellement Chuang Tzu, ayant rêvé qu'il était un papillon, ou ne suis-je pas plutôt moi-même le songe d'un papillon qui rêve qu'il est moi*?

— Mais c'est stupide, voyons. Comment pourrait-on être le rêve de quelqu'un d'autre? C'est toi, qui rêves, Zach. Pince-toi, réveille-toi!

— Je ne peux pas, a-t-il répondu d'une voix lugubre. J'ai peur. Et si c'était vrai, malgré tout? Si on m'avait tout simplement inventé pour me mettre dans une histoire ? Si vraiment je n'étais que le rêve d'un inconnu, son cauchemar peut-être ? Et si, subitement, le rêveur se réveillait ?

Que répondre à ça ? Il n'y a pas moyen de raisonner avec Zach. Toujours, au bout d'un certain temps, je sens que nous ne parlons plus le même langage, que nous n'avons plus les pieds sur la même planète. À quel moment bascule-t-il dans son monde imaginaire, je ne m'en rends pas compte, mais le fait est là : nous discutons, chacun de notre côté, et je réalise soudain qu'il n'y a plus de place pour moi dans son monologue.

L'un en face de l'autre, bien sûr, mais si éloignés cependant…

# 2

## Un autre monde

La plupart du temps, je laisse donc Zach dans son monde obscur, et je vis dans le mien. C'est un monde plus coloré, plus bruyant. Plus vivant, quoi. Moi j'aime danser, sortir, voir des gens…

Je ne dis pas que tous les gens que je rencontre sont intéressants, loin de là, mais enfin, on ne peut pas vivre en ermite. Du moins, je n'en ai pas envie. Stéphanie pense la même chose. Cette année, je passe beaucoup de temps avec elle, même en dehors de l'école. Évidemment, elle n'a rien de ce mystère qui m'attire chez Zach, mais elle aime s'amuser et plaisanter. Nous nous entendons bien. Aimer rire, où est le mal ?

Zach pourrait danser, lui aussi. J'ai tenté cent fois de lui faire découvrir autre chose que ces vieux groupes inconnus des années 70 dont il se délecte. Mais non. Rien à faire. Un jour, en désespoir de cause, j'ai même essayé de lui faire écouter de la musique d'Afrique du Nord.

— Est-ce que tu connais Cheb Khaled ? lui ai-je demandé. Le *raï*. Écoute ça. Laisse-toi aller. C'est une musique qui te prend au ventre, qui te donne envie de bouger, de danser…

J'ai pris une cassette et lui en ai passé un morceau. Aussitôt je me suis mise à onduler sur place. C'est une musique fantastique, impossible d'y rester insensible, le corps doit suivre. Pas moyen de résister. Je me suis donc levée pour danser, et c'est alors que j'ai remarqué le curieux effet que la musique produisait sur Zach. La bouche entrouverte, un pied remuant vaguement en dehors de toute cadence, l'autre comme cloué au sol, Zach avait l'air de souffrir ! C'était comme si deux forces antagonistes luttaient en lui, comme si tout son corps, entraîné malgré lui par le rythme du *raï*, devait secouer des chaînes trop pesantes afin de se libérer enfin. En vain.

Mon enthousiasme est brusquement retombé. J'ai arrêté le magnétophone. Pauvre Zach! J'ai parfois l'impression que son cerveau et lui n'habitent pas le même corps… C'est désespérant.

Tant pis. Je ne vais tout de même pas pleurer. J'aime trop rire.

Et pourtant, au cours de mes soirées avec Stéphanie, il m'arrive aussi de faire des rencontres déplaisantes. Je dirais même franchement désagréables. Il faut dire que Stéphanie a pas mal changé en quelques mois. Elle aime bien le genre voyou. C'est son nouveau style. Et j'avoue que, parfois, moi aussi ça m'amuse. Mais pas toujours.

Samedi dernier, par exemple, elle a absolument tenu à m'inviter dans un café du centre-ville que je ne connaissais pas, dans la 4e rue. Une fois sur place, nous avons retrouvé un nommé Matthieu, dont Stéphanie m'a souvent parlé. Une tête brûlée. Pas le genre que j'ai l'habitude de fréquenter. Tout de même, je suis une jeune fille sage, moi…

Zach, que j'avais réussi à entraîner avec nous ce soir-là, avait l'air de s'ennuyer ferme. Je me suis aperçue, au bout d'un moment, qu'il avait disparu. C'est incroyable! Il a vraiment le chic pour se faire oublier, pour s'évanouir sans laisser de traces… L'homme invisible! Comment fait-il? Pour un peu, j'en arriverais à croire, moi aussi, qu'il n'existe pas vraiment. Pas toujours, en tout cas…

Tout à coup, alors que je m'interrogeais encore sur la disparition de Zach, un type que je ne connaissais pas est arrivé. Un adulte d'âge indéfinissable – jeune encore, sans doute, en dépit de ses rides et de son teint blafard – mal rasé, cuir fatigué, jean taché. L'air malsain. Et ses cheveux!

Bon, je n'ai rien contre les cheveux verts, au contraire. Il paraît même que Baudelaire, un poète français du siècle dernier, se promenait parfois ainsi dans Paris pour épater la galerie. Mais cet homme-là, à part les cheveux, n'avait manifestement rien d'un poète.

Il a négligemment salué Matthieu et s'est installé à notre table, sans même un regard pour moi, à la place que Zach venait de laisser. D'où sortait-il, celui-là, avec un tel sans-gêne?

Puis, très vite, il s'est mis à lancer des plaisanteries cochonnes et il a eu cette phrase que j'ai trouvée particulièrement méprisante :

— Alors les voilà, ces jeunes filles intéressées à la chose ?

Quelle chose ? De quoi parlait-il ? Oh, ce n'était pas bien difficile à deviner, quand j'y repense maintenant, mais, sur le moment, je me suis vraiment sentie bête, complètement prise au dépourvu.

Un petit trafiquant de drogue, voilà ce qu'était ce pauvre type. Un de ces voyous sans envergure qui font la sortie des écoles pour refiler leurs poisons aux étudiants en difficulté personnelle. Lamentable !

Mais, davantage encore que l'arrogance de cet apprenti gangster dont je n'ai retenu que le prénom – Alain – c'est l'attitude de Stéphanie qui m'a mise hors de moi : subjuguée, admirative, béate devant cette crapule d'opérette, elle semblait boire ses paroles. Elle était comme une enfant devant un grand qui lui raconte des histoires pas de son âge. Une gamine ! L'autre, bien sûr, en rajoutait.

À mots couverts, avec des airs de conspirateur, il était en train de lui faire des propositions. Je n'écoutais que d'une oreille distraite, d'une part parce que la musique et le bruit de la rue m'empêchaient d'entendre, d'autre part parce que ces histoires-là ne m'intéressent absolument pas.

J'ai pensé, tout à coup, à ce monde fantastique dans lequel Zach aime à se réfugier pour fuir la platitude du quotidien. Une fuite? Oui, si on veut, mais que font donc les autres, tout prêts à suivre le premier venu qui prétend les faire entrer dans des paradis autrement artificiels que les siens? Ils fuient, eux aussi.

Souvent, j'ai entendu Stéphanie se moquer des rêves de Zach. Et pourtant, combien son rêve à elle est plus limité, plus misérable. Se prendre pour une adulte parce qu'elle est prête à enfreindre quelques règles, se prendre pour une révoltée parce qu'elle va respirer de la colle ou essayer des choses plus fortes, plus dangereuses!

La naïveté de Zach, au moins, a quelque chose de sympathique que n'a pas la sienne. Vraiment, je me sentais exaspérée, d'autant plus que Stéphanie avait trouvé le moyen d'annoncer triomphalement que mon père est dentiste. Qu'est-ce que ça voulait dire? Que j'avais les moyens de me payer les saletés proposées par l'autre?

C'est alors que, tout à coup, relevant le nez, cherchant à m'abstraire de cette ambiance malsaine, j'ai aperçu Zach. Dissimulé derrière un abri d'autobus, il me regardait avec ses yeux ronds, l'air effaré. Avant que j'aie pu lui faire un signe, il a détourné les yeux et s'est enfui. Comme un voleur.

Qu'est-ce qu'il faisait là, à demi dissimulé derrière cette cabine vitrée? Est-ce que par hasard il le connaîtrait, ce fameux Alain? C'est difficilement croyable, ils n'ont rien en commun.

Et pourtant, à l'instant même…

À l'instant même, je viens de revoir Alain. Il m'attendait à la sortie de l'école! Tout de suite, en l'apercevant en train de faire les cents pas sur le trottoir, j'ai pensé qu'il me cherchait. Pourquoi? Parce que… parce que depuis lundi, Stéphanie est absente de l'école et que je n'ai aucune nouvelle d'elle. J'ai essayé de l'appeler hier soir.

— Elle est malade, m'ont répondu ses parents au téléphone, d'un ton froid qui ne leur est pas habituel.

Ils ont raccroché aussitôt. J'ai été assez étonnée mais, quand j'ai aperçu Alain devant l'école, j'ai immédiatement pensé à elle et à notre rencontre de samedi.

Je ne me sentais pas très à l'aise. J'ai regardé droit devant moi et me suis dirigée vers l'arrêt de l'autobus, raide comme un I. Bien sûr, je n'avais pas fait trois pas qu'Alain était déjà sur moi.

— Alors, bébé, a-t-il dit. On ignore les amis ?

Je n'ai pas répondu, j'ai simplement accéléré le pas. Je ne suis le bébé de personne. Mais Alain n'entendait pas me lâcher aussi facilement. Il a saisi mon bras et a continué sur le même ton :

— Ta petite copine n'est pas si farouche, tu sais. Je vais faire de bonnes affaires, avec elle. Une bonne cliente. Je soigne toujours mes nouveaux clients. Toi aussi, je peux te soigner, si tu veux. J'ai de la bonne marchandise à te proposer…

J'ai réussi à me dégager, mais il m'a rattrapée et a poursuivi son petit manège. Heureusement, l'autobus est arrivé et j'ai ainsi pu me débarrasser de ce gêneur. Pour combien de temps ? Je n'en sais rien. Tout ce que je sais, c'est que maintenant, je n'aurai plus un moment de paix, qu'Alain sera toujours là avec ses propositions dégoûtantes. Je pense à Stéphanie, me demandant pourquoi elle a disparu de la circulation. Dans quel engrenage a-t-elle mis le doigt ? Dans quelle affaire sordide a-t-elle pu se compromettre ?

Et Zach ? Quel rôle joue-t-il dans tout ça ? Je l'avais oublié, au fait, mais à peine l'autobus avait-il démarré que je l'apercevais, planté sur le trottoir, à quelques pas d'Alain, défiguré par une grimace de haine. Et, bien sûr, il me regardait…

Maintenant, seule dans ma chambre, j'ai peur. Peur de sortir, peur de ce qui a pu arriver à mon amie, peur de ce qui pourrait m'arriver à moi…

Jusqu'à ce jour, je n'avais jamais détesté quelqu'un à ce point-là mais, ce soir, la gorge serrée et les tempes bourdonnantes, je comprends comment on peut avoir envie de tuer quelqu'un.

# 3

## RENDEZ-VOUS NOCTURNE

J'ai passé une nuit atroce.

Jusqu'à maintenant, ma vie a toujours été bien ordonnée. Les frasques de Stéphanie, ses fréquentations douteuses m'amusaient tant qu'elles ne m'affectaient pas directement mais, aujourd'hui, c'est différent. Je ne suis plus spectatrice, je fais partie du spectacle. Et je n'y tiens pas un rôle des plus agréables.

D'abord, j'ignore tout de ce rôle. Pourquoi Alain s'intéresse-t-il à moi? Je n'ai rien, j'imagine, de sa clientèle habituelle. Pas de problèmes avec mes parents ni avec mon entourage, je ne suis pas en situation d'échec scolaire, nous allons au moins une fois par an passer des vacances sous les tropiques. On m'achète des vêtements autant que je peux en désirer et, quand je vais à une fête chez des amis, ma mère vient m'attendre à dix heures précises à la porte, avant même que j'en sois sortie…

Que suis-je, donc, sinon ce qu'on appelle une jeune fille de bonne famille? Le genre de personne à qui rien n'est censé arriver, une adolescente protégée qui a de bonnes notes en classe sans y faire attention, simplement parce que c'est dans l'ordre des choses. Mon nom lui-même est tout un programme: Bérénice! Un nom plutôt chic, un peu précieux, un nom de princesse blonde à qui on paie des cours de piano…

L'irruption d'Alain dans mon existence m'a brusquement déstabilisée. Je n'en éprouve pas seulement du malaise, mais aussi de l'inquiétude. J'appréhende ce qui se cache derrière ce personnage louche. Alain n'est sans doute que la partie visible d'un monde que j'ignore, que je veux continuer d'ignorer. Un monde qui me menace, un monde dans lequel, je ne sais pas pourquoi, il veut me faire entrer de force.

Face à lui je me sens vulnérable, un simple gibier dans une chasse où seuls comptent l'instinct et la sauvagerie. À quoi peuvent me servir mes bonnes notes ou le compte en banque de mon père dans une telle situation?

Et Zach? Qu'a-t-il à voir dans tout ça? Là, je m'interroge encore davantage. Lui, si étranger à tout, pourquoi s'est-il trouvé là chaque fois que j'ai rencontré Alain?

Zach aussi m'inquiète, parfois. Il m'arrive souvent de remarquer que, sans raison apparente, il a les yeux fixés sur moi. À l'autre bout d'une salle de classe, dans la rue, n'importe où, je le découvre parfois au moment le plus inattendu, figé comme une statue, me regardant comme on regarderait... comme on regarderait quoi, d'ailleurs? Un animal étrange? Une vedette de la chanson? Une vitrine de jouets?...

Je me sens prisonnière entre ces deux regards, celui d'Alain, malsain et vicieux, et celui de Zach, incompréhensible. Entre les deux, les ténèbres.

Je ne comprends pas ce qui se passe. Je ne sais même pas, d'ailleurs, s'il se passe vraiment quelque chose.

J'ai peur...

Ce soir, pourtant, il va se passer quelque chose. J'en ai la certitude ! Je viens de recevoir un coup de téléphone. J'ai pensé que c'était Stéphanie, peut-être.

C'était Matthieu.

— Bérénice, il faut absolument que je te voie.

Sa voix est rauque, saccadée. Que me veut-il ? Je n'ai rien à lui dire, je ne l'aime pas. Mais il ne me laisse pas le temps de raccrocher.

— C'est Stéphanie, continue-t-il sans attendre ma réponse. Ça ne va pas du tout.

— Elle a besoin de moi ? Où est-elle ?

— Euh oui, c'est ça, elle a besoin de toi. Tu peux l'aider... Il faut que je te voie. Seule.

Il a l'air extrêmement agité, incapable de s'expliquer. Tout ce qu'il arrive à dire, c'est qu'il doit me voir absolument. Mais pour quelle raison, et de quelle manière il pense que je peux aider Stéphanie, pas moyen de le lui faire dire clairement.

Tant pis. Le moment n'est peut-être pas aux explications. Moi aussi, je suis paniquée. Tout ce que je comprends, c'est que Stéphanie a un gros problème et qu'il faut faire quelque chose.

— J'arrive chez toi dans dix minutes, reprend Matthieu qui semble effrayé par mon silence.

— Chez moi! Mais tu es fou, il est bientôt dix heures du soir!

L'heure qu'il est, en réalité, je m'en fiche. Mais voir ce garçon débouler ici, au risque de tomber sur mes parents, pas question. Eux, au moins, je veux qu'ils restent en dehors de tout ça.

Cependant, je suis prise de court. J'ai peur, si je ne lui donne pas immédiatement une réponse, de voir Matthieu sonner à la porte d'une minute à l'autre. Alors, sans réfléchir, et sans lui laisser le temps de trop réfléchir lui-même, je lui lance:

— Tu connais River Park? C'est tout près de chez moi. J'y serai dans un quart d'heure, près des tables de pique-nique, du côté de la passerelle.

Et je raccroche brusquement.

Sur le moment, je me sens soulagée: Matthieu ne viendra pas chez moi. Mais, très vite, je me rends compte de l'énormité que je viens de commettre. Je viens de donner rendez-vous à un presque inconnu, de nuit, dans un endroit absolument désert! Et pas un chanteur de charme! Un trafiquant! Je suis folle!

Je tourne en rond, me ronge les ongles. Puis, paralysée par la terreur, je reste de longues minutes assise sur mon lit, essayant de trouver une solution. Mais plus le temps passe, plus je me sens incapable de sortir de ce piège. Comment rappeler Matthieu, maintenant? Je ne sais pas d'où il m'appelait, je ne connais même pas son nom de famille. Mon seul lien avec lui, c'est Stéphanie, Stéphanie qui se trouve au centre de ce nœud de vipères. Alors il n'y a qu'une chose à faire, l'appeler, elle. Et puis, si elle a besoin de mon aide, pourquoi passer par un tiers?

Évidemment, dix heures passées... Étant donné la réaction de ses parents au téléphone la dernière fois, ça risque de ne pas être facile. Tant pis. Ce n'est pas le moment de la laisser tomber. Je compose rapidement son numéro.

C'est sa mère qui répond. Je suis surprise de la vitesse avec laquelle elle a décroché le téléphone. C'est comme si elle avait attendu ce coup de fil. Elle a l'air complètement bouleversée. Instinctivement, sans même réaliser à quel point cela est ridicule, je prends une voix de petite fille timide pour demander à parler à Stéphanie.

— Qui parle ? demande sa mère d'un ton brusque.

Quel accueil ! Les parents de Stéphanie ont toujours été très gentils avec moi. Pourtant, sous la brutalité de la question, je sens percer une profonde inquiétude. Désarmée, je bredouille :

— Bérénice, madame…

— Stéphanie est-elle avec toi ? reprend-elle sans me laisser poursuivre.

Je ne comprends pas cette question. Comment Stéphanie serait-elle avec moi alors que je demande justement à lui parler ?

Jamais je n'ai senti quelqu'un dans un tel état d'affolement. La voix tremblante, la mère de Stéphanie semble au bord des larmes. Que se passe-t-il là-bas ? J'essaie de me calmer, de parler d'une voix posée.

— Non, Stéphanie n'est pas avec moi. Je la cherche, je voulais lui parler…

Alors sa mère éclate en sanglots puis, entre deux hoquets, elle articule péniblement :

— Elle a disparu, tu comprends, elle a disparu...

# 4

## UN CADAVRE ENCOMBRANT

J'ai raccroché sans en savoir plus. La mère de Stéphanie ne m'a donné aucune explication. Tout ce que j'ai pu en tirer, c'est que Stéphanie, qui était enfermée dans sa chambre depuis plusieurs jours, s'est sauvée ce soir. Elle n'a pas pu, ou pas voulu, m'en dire plus.

Pourquoi était-elle enfermée? Et par qui? Par ses propres parents, pour la punir ou, peut-être, pour la protéger? Ou bien s'est-elle cloîtrée elle-même dans sa chambre pour échapper à un danger?

Dans les deux cas c'est une sale affaire, et il ne fait aucun doute pour moi que c'est Matthieu qui en est à l'origine. Matthieu et Alain, bien sûr. Ce dernier, surtout, qui me semble beaucoup plus dangereux qu'un adolescent comme Matthieu.

Je suis déchirée. Dois-je rappeler la mère de Stéphanie et lui parler de ce rendez-vous que vient de me donner Matthieu? La police? Pour lui dire quoi, en fait? Que quelqu'un qui a discuté avec Stéphanie dans un café, il y a une semaine, veut me voir ce soir?

J'hésite. D'ailleurs, Matthieu m'a demandé de venir seule. L'arrivée de la police ou des parents de Stéphanie causerait peut-être davantage de problèmes qu'elle n'en résoudrait. Et puis, si tout pouvait s'arranger sans intervention extérieure, ce serait sans doute mieux pour tout le monde, particulièrement pour Stéphanie.

Je regarde ma montre. Dix heures et quart. Matthieu doit déjà être là-bas, et je devrais m'y trouver moi aussi. Pas de temps à perdre. Il fait déjà nuit noire. Après tout, qu'est-ce que je risque? Matthieu n'est pas un tueur. Un paumé, tout au plus.

Mes parents sont devant la télé. Ils n'ont même pas décroché le téléphone, tout à l'heure. À cette heure-là, ce sont mes amis qui ont l'habitude d'appeler, pas les leurs. D'ailleurs ils n'en ont pas. Ils n'ont pas le temps. Ils travaillent…

J'enfile un blouson, sors discrètement par la porte du jardin et me jette dans la nuit. En faisant vite, je serai au parc dans dix minutes. Tout en courant, j'essaie de comprendre ce qui a pu se passer. Rien d'extraordinaire. Sans doute une histoire de drogue. Si Stéphanie a mis le doigt dans l'engrenage, elle aura du mal à s'en sortir. Je ne vois pas bien à quel niveau je peux l'aider, mais je ferai mon possible.

Ce qui m'intrigue, en revanche, c'est que l'appel à l'aide ne soit pas venu d'elle mais de Matthieu. Ce ne sont pas les revendeurs, que je sache, qui ont l'habitude de voler au secours de leurs victimes. C'est plutôt l'inverse. Ou alors, Matthieu est lui aussi une victime. Il est aussi faible, aussi inconséquent que Stéphanie, et c'est Alain le seul respon-sable.

Alain… Il me répugne. J'entends encore sa voix, l'autre jour, près de l'arrêt d'autobus. J'avais l'impression que cette voix avait le pouvoir de me salir. Quel personnage infect ! Je crois… je crois que je serais capable de le tuer moi-même !

Dix heures et demie. Je viens d'arriver au bout de la 50$^e$ avenue. Je n'ai plus qu'à descendre la piste cyclable, longer la rivière sur deux ou trois cents mètres, et j'y serai. Je vais enfin savoir.

Pourtant, je ralentis. J'ai peur de ce que je vais trouver en bas. Matthieu sera-t-il seul, ou Stéphanie sera-t-elle avec lui? Et qui d'autre? Je me demande, un peu tard sans doute, si je n'ai pas agi à la légère. Tant pis. Trop tard pour reculer.

Arrivée en bas, je continue de marcher sur la piste asphaltée, sans un bruit. J'avance lentement, m'arrêtant souvent, l'oreille aux aguets. Il n'y a pas d'autre bruit que le clapotis de l'eau, assez haute en cette saison à cause de la neige qui fond toujours en montagne.

Enfin ça y est. L'aire de pique-nique est là-bas, devant moi. Je la devine plus que je ne la vois car toute cette zone, sous les arbres, est plongée dans l'ombre. La lune, masquée par de gros nuages, est invisible bien qu'elle soit pratiquement pleine.

Plus j'avance, plus la peur me reprend. Que fait donc Matthieu? Même s'il fait noir, je devrais le voir, maintenant. Je suis très en retard, c'est vrai, mais je suppose qu'il m'aura attendue. Où est-il ?

J'y suis presque. Je m'arrête pour de bon. L'angoisse me serre la gorge. Immobile sur le sentier, tendue à l'extrême, j'essaie de fouiller les ténèbres, guettant le moindre mouvement, à l'affût du plus léger bruit de pas... Mais non, je suis seule.

Qu'est-ce qui a pu se passer ? Je commence à paniquer. Je suis peut-être arrivée trop tard. Trop tard pour Stéphanie... C'est ma faute. Qui sait ce qui va lui arriver, maintenant ? Machinalement, je me remets en marche vers les tables de pique-nique. Soudain, je sursaute. Là, juste au pied d'une des tables, il y a une forme étendue sur le sol. Une forme avec deux bras étendus. Les jambes me manquent. Non, ce n'est pas possible !

Et pourtant, c'est plus fort que moi. Je fais un pas, puis deux, et un troisième... Un homme est là, gisant sur le sol, visage contre terre. Je me penche sur lui, tremblante. Oh, je n'ai pas besoin de le voir, ce visage, pour savoir à qui il appartient. Cette tignasse outrageusement verte, agressive malgré l'obscurité... Alain !

---

Surmontant mon dégoût, je le pousse légèrement du pied. Pas de réaction. Mort? Oui, sans doute. Je relève la tête, scrute les ténèbres. Personne! Fuir, fuir au plus vite. Est-ce Matthieu qui a commis ce crime? Lui ou un autre, que m'importe! Alain n'a eu que ce qu'il méritait, après tout. Tout ce que je désire, maintenant, c'est disparaître et oublier.

Mais, au moment où je vais tourner les talons, mon attention est tout à coup attirée par quelque chose qui traîne par terre, à quelques pas de là.

La raison m'impose de ne pas m'attarder à propos d'un objet aussi insignifiant : un simple blouson abandonné, ou perdu là par son propriétaire. Pourtant, je n'arrive pas à en détacher mes yeux. Ce blouson me dit quelque chose. Je m'approche. Bien sûr! Un blouson pareil, ça ne s'invente pas! Il n'y a dans Calgary qu'un seul individu assez excentrique pour oser porter ça : Zach!

Du coup, tout se mélange dans ma tête. Alain, Zach... Jamais l'un sans l'autre... Je revois le visage haineux de Zach, pas plus tard qu'hier, à l'arrêt d'autobus près de l'école. Si ses yeux avaient pu lancer du venin à ce moment-là, Alain serait mort depuis vingt-quatre heures !

Zach, une fois de plus, lui que j'aurais cru incapable de faire du mal à une mouche. Pourquoi a-t-il fait ça ? Comment ? Vengeance ? Faisait-il partie de la bande ? Je n'arrive pas à le croire. Et pourtant, le cadavre d'Alain est bien là, et le blouson de Zach à côté, comme une signature.

Je ne vois qu'une solution. Zach a agi ainsi pour me protéger. Il est fou ! Ce n'était pas la peine d'aller si loin ! Il n'a vraiment pas le sens des réalités. Dans quelle sombre histoire est-il allé se plonger, ou plutôt, dans quel piège *nous* a-t-il jetés ?

Il a voulu bien faire, c'est certain, mais je ne lui en demandais pas tant. Je ne lui demandais même rien du tout. Zach n'est pas mon ange gardien ni mon garde du corps. De quoi s'est-il mêlé ? En voulant me rendre service, il s'est mis dans un sacré pétrin.

Et pourtant je ne peux pas lui en vouloir. Il faut que je me rende à l'évidence. Même si je ne lui ai laissé aucun espoir d'être payé de retour, Zach est amoureux de moi. C'est flagrant. Toujours derrière moi comme un chien fidèle, à me dévorer des yeux. Pauvre Zach! C'est vrai que l'amour non partagé doit être terrible à vivre, qu'il peut pousser à des actes qu'on ne commettrait jamais dans une situation normale. Et ce qu'il a fait pour moi, je dois l'avouer, témoigne d'un certain courage.

L'ennui, c'est qu'il a paniqué et qu'il a laissé son blouson derrière lui. À mon tour donc de lui rendre service. Je vais l'emporter avec moi, faire disparaître cette pièce à conviction.

Je me penche pour le prendre, mais mes yeux reviennent au cadavre d'Alain. Je me redresse. Prendre le blouson, est-ce que ça va suffire? Dès demain matin, le corps sera découvert, la police sera sur les lieux, examinera les traces, interrogera les relations d'Alain, reconstituera son emploi du temps et, probablement, remontera jusqu'à Zach.

Il fait noir sous ces arbres, et dans ma tête aussi. Malheureusement, je n'ai pas le temps de réfléchir. Il faut agir immédiatement, je ne peux pas abandonner

Zach aussi simplement, il ne, sera pas capable de s'en sortir seul.

En quelques secondes, ma décision est prise : il faut faire disparaître ce cadavre !

La rivière est toute proche. Le courant est fort. Quelques centaines de mètres après la passerelle, l'Elbow fait un coude et la rive, particulièrement abrupte à cet endroit-là, y est impraticable. Avec un peu de chance, le corps s'y échouera et, quand on le retrouvera, il ne restera plus aucune trace du drame dans le parc.

C'est une folie, sans aucun doute, mais si je n'en commets pas une aujourd'hui, je ne le ferai jamais. Alors, faisant le vide dans mon esprit, surmontant ma peur et ma répulsion, j'empoigne le corps sous les bras et j'entreprends de le traîner jusqu'au bord de l'eau.

Je ne pensais pas qu'un corps inanimé puisse être aussi lourd. À chaque minute je dois m'arrêter pour reprendre mon souffle. Combien de temps dure cet horrible travail ? Je n'en sais rien. Peu de temps, sans doute, car la distance à parcourir est relativement courte, mais ces quelques minutes me semblent une éternité.

Enfin j'y suis. Je suis épuisée. Je tire encore le corps jusqu'à ce que l'eau m'arrive aux genoux et, dans un dernier effort, je le pousse dans le courant. C'en est fini avec ce contact qui me soulève l'estomac. Je n'en peux plus, je suis écœurée. J'ai envie de m'effondrer, de me laisser aller à mon tour dans l'eau froide, de m'y perdre...

Soudain, la lune apparaît. Le vent a balayé le ciel et la lumière se fait sur le parc, comme si on venait d'allumer sur moi des projecteurs de théâtre, comme si je me trouvais au centre d'une piste de cirque...

Alors mon sang-froid m'abandonne. Je me tourne brusquement vers la rive, sors de l'eau en trébuchant sur les pierres et, la tête en feu, je fuis ce lieu sinistre sans me retourner.

# III

# STÉPHANIE

# 1

## FUGUES NOCTURNES

Quatre jours que je ne suis pas sortie d'ici! Quatre jours à tourner en rond dans cette chambre où, il y a quelques mois encore, je ne pouvais pas m'endormir sans faire un câlin à mon ours en peluche.

J'aurais pu rester longtemps enfant, d'ailleurs, si je n'avais pas rencontré Matthieu. Seulement le problème, quand on cesse d'être une enfant sans y avoir été préparée, c'est que les ennuis vous tombent dessus comme s'il en pleuvait.

Matthieu, c'est de sa faute si je suis confinée dans ma chambre. Mais si mes parents ne m'avaient pas interdit de le voir, dès le début, je n'aurais pas eu besoin de me sauver, le soir, pour aller le retrouver. Ils s'imaginaient que parce qu'ils me consignaient dans ma chambre, je ne pouvais pas en sortir. Et la fenêtre ? Quels naïfs !

Pourtant, cette fois, ils ont raison. Je ne me sauve plus. Pas par obéissance, loin de là. Aujourd'hui, c'est différent : ce ne sont plus eux qui me retiennent ici, c'est moi qui m'y cache. J'ai peur.

J'ai fait une bêtise. Tout a commencé avec Alain. Au début, seul Matthieu le connaissait, puis il me l'a enfin présenté. Il m'en avait déjà pas mal parlé. Alain, c'est un grand type un peu inquiétant, et par là même assez attirant. Pas du tout le genre qu'on rencontre dans les bals de fin d'études.

Alain, je me suis dit, c'est un homme, un vrai. Il connaît la vie. Lui, il ne me considérera pas comme une petite fille. La première fois que je l'ai vu, c'était dans un café de la 4e rue Sud-Ouest. C'est Matthieu qui lui avait donné rendez-vous. J'avais amené ma copine Bérénice avec moi, pour lui montrer qu'il n'y a pas dans la vie que des petits blondinets bien propres qui font du cheval et chantent à la chorale. Bérénice, je l'aime beaucoup, mais elle est un peu coincée. Alors je ne rate pas une occasion de la faire sortir de son milieu. Ce qui lui manque, c'est un petit ami. Elle verrait que c'est autre chose que le piano !

Elle en a peut-être un, d'ailleurs, mais vraiment je me demande ce qui lui a pris ! Je veux parler de Zach, ce grand imbécile incapable de dire un mot et qui ne sait que la dévorer des yeux, comme un gamin ahuri devant une boutique de confiserie.

Zach, il est vraiment lourd ! Il ne parle pas, ne rit pas, n'aime rien, ou alors des choses complètement dépourvues d'intérêt. Je ne comprends pas ce que Bérénice lui trouve. D'ailleurs, je ne crois pas qu'elle sorte réellement avec lui. On dirait plutôt qu'elle l'a pris sous sa protection. Amusant.

Ce qui l'est moins, amusant, c'est que le jour où Alain devait venir, Bérénice a absolument tenu à ce que Zach nous accompagne. Quel plomb ! Heureusement, Alain est arrivé assez vite. Zach, d'ailleurs, avait déjà disparu. Je ne m'en étais même pas aperçue... Ce qui m'a le plus étonnée, à partir de ce moment-là, c'est l'intérêt qu'Alain a montré pour Bérénice. Il s'est intéressé à ce qu'elle faisait, à sa vie, à ses parents… Je me suis sentie un peu vexée. C'était d'autant plus étonnant qu'elle semblait faire peu de cas de sa conversation. C'est même moi qui ai dû faire les réponses à sa place !

Plus tard, quand elle est rentrée chez elle, nous sommes partis avec Alain dans son appartement. Là, nous avons pu passer aux choses sérieuses. Ce qu'il était venu nous proposer, et que Bérénice avait dédaigné, c'était une jolie poudre blanche. Une poudre magique… La clé des songes, la porte du paradis.

— Un petit essai gratuit, a dit Alain.

Je ne pouvais pas refuser, d'autant plus que Matthieu lui-même m'encourageait. C'est ainsi que j'ai pris ma première dose.

Deux jours plus tard nous avons remis ça. C'est là que les choses ont commencé à mal tourner. Assez bêtement, je dois dire, je ne m'étais pas posé la question du paiement, mais quand Matthieu m'a demandé de l'argent, je suis tombée des nues.

— Comment ! m'a-t-il dit en voyant ma mine stupéfaite. Tu ne croyais tout de même pas que c'était gratuit, non ?

— Non, bien sûr, mais j'ai pensé que…

— Que j'allais te l'offrir? Tu rêves, Stéphanie. Seulement le rêve, ça se paie, et c'est cher! Maintenant, il faut absolument que tu trouves du fric, sinon j'aurai des problèmes avec Alain. Et ce n'est pas un plaisantin!

J'étais atterrée. Qu'est-ce que je pouvais faire? Je ne suis pas Bérénice, moi. Les dollars ne pleuvent pas dans ma poche parce que je pleurniche un peu devant mes parents. Jamais Matthieu ne m'avait regardée comme ça, il y avait dans son regard autant de haine que de peur.

— Débrouille-toi, a-t-il conclu. Dans trois jours au plus, il me faut cet argent. Tu n'as qu'à demander à ta copine Bérénice. Elle a les moyens, non?

Il n'a pas parlé de mes parents, bien sûr. Il n'est pas fou. Mais moi, j'ai finalement décidé de tout leur raconter. Non seulement je m'étais mise dans de sales draps, mais ma meilleure amie risquait de s'y retrouver avec moi.

Le soir même je m'enfermais dans ma chambre, après avoir expliqué en pleurant à ma mère que j'avais fait une grosse bêtise et que je ne voulais plus voir personne, ni même parler au téléphone.

Elle était complètement affolée, passant des larmes à la colère, des menaces aux regrets. Mais, quand elle a parlé de la police, je me suis tue. Tout allait trop vite, maintenant, la situation me dépassait. Je n'ai pas voulu donner de nom. Elle ne connaît pas celui de Matthieu. Elle ne l'a vu qu'une seule fois alors qu'il m'avait raccompagnée à la maison, un samedi après-midi. Son allure lui avait suffi pour m'interdire de le revoir. J'avais trouvé ça stupide. Et, même si je me rends compte qu'il m'a bernée, je ne veux pas le dénoncer. Qu'est-ce que ça arrangerait ? Matthieu n'est probablement qu'un pion. Alain ou d'autres qui sont dans l'ombre derrière lui me retrouveraient et le danger serait pire. Mieux vaut faire la morte, me faire oublier.

C'est ce que je fais depuis le début de la semaine. Je n'ai pas remis les pieds à l'école, je ne réponds pas au téléphone, j'ai demandé à ma mère de dire que j'étais malade. L'ambiance, à la maison, n'est évidemment pas des plus chaleureuses…

Je me demande ce qui se passe à l'extérieur. Je sais que Bérénice a essayé de me joindre, mais je n'ai aucune nouvelle de Matthieu. Un garçon a appelé à plusieurs reprises, sans donner son nom. Ma mère lui a raccroché au nez. C'était lui, bien sûr. Tant pis. Qu'il trouve l'argent ailleurs, qu'il se débrouille avec Alain, ce n'est plus mon problème. Je ne veux plus entendre parler d'eux. En tout cas, je n'ai pas l'intention de les revoir.

Dix heures. Je suis lasse mais, comme chaque soir depuis quelques jours, je sens que je ne vais pas pouvoir m'endormir avant deux ou trois heures du matin. Allongée sur mon lit, j'attends. Quoi ? Rien. Matthieu m'a trop déçue, mes parents ne peuvent rien pour moi. En fait, je n'ai rien à attendre de personne…

Soudain, un bruit léger me fait sursauter. Ça vient de la fenêtre. Je me relève vivement et reste debout près de mon lit, immobile, aux aguets.

Ça recommence. Des graviers ou de la terre qu'on lance sur ma fenêtre. J'éteins la lampe et m'approche doucement, sur le côté. Le jardin est faiblement éclairé par la lune.

Derrière la haie, je distingue une silhouette. Matthieu! On dirait qu'il essaie à la fois d'attirer mon attention et de rester dans l'ombre. Malgré mes précautions, il m'a vue et me fait signe, puis enjambe la clôture et se dirige vers la maison.

Que faire? Le chasser, appeler mes parents? Il y a une seconde, je le détestais pour toujours, et voilà que maintenant, de voir sous la lune son visage ravagé par la peur, j'en suis toute retournée!

Les mains tremblantes, une grosse boule dans la gorge, j'entrouvre doucement la fenêtre. Matthieu est accroupi juste en dessous, les pieds dans les géraniums. Je trouve quand même la force de murmurer, tout en lui jetant un regard désespéré :

— Je ne veux plus te voir, Matthieu. Je ne peux rien pour toi, va-t'en…

— Je sais, dit-il d'une voix hachée et rauque. Je m'en vais. Je voulais simplement t'avertir. Alain est fou furieux, il est capable de tout, mais je crois que j'ai trouvé une solution. Je viens d'appeler Bérénice, j'ai rendez-vous avec elle à

River Park dans dix minutes. Elle est riche, non ? Et c'est ta copine, je n'aurai pas besoin d'être trop méchant…

Il n'a pas le temps d'en dire plus. La lampe du jardin vient de s'allumer. Mes parents ont dû entendre du bruit, ils vont sortir…

Un bruit de serrure. Matthieu se redresse brusquement et détale sans demander son reste. Au moment où la porte s'ouvre, je distingue à peine son ombre fuyant dans le noir après avoir franchi la haie d'un bond.

Ma mère se met à hurler :

— Stéphanie ! Stéphanie !

Presque aussitôt j'entends une cavalcade dans le couloir. Elle va être là dans un instant. Mon hésitation ne dure qu'une seconde. Cette fois, c'est Bérénice qui est en danger. À cause de moi ! Je ne peux pas la laisser tomber. J'ouvre la fenêtre toute grande et, à mon tour, je disparais dans la nuit.

# 2

## CONFRONTATION VIOLENTE

Je cours dans les rues à perdre haleine. Matthieu ne peut pas être bien loin. Sauf que lui, il doit courir aussi. Et, bien sûr, je ne peux pas l'appeler. Les rues de Calgary sont tellement silencieuses, la nuit, que je serais aussi discrète qu'une sirène de police.

La police… Qui sait si mes parents ne l'ont pas déjà appelée, si elle n'est pas déjà à mes trousses. Ils sont forts, pour ça, les flics. Ramasser dans les rues les jeunes qui traînent parce qu'ils n'ont pas d'endroit où aller, ils savent faire. Très vite, j'arrête donc de courir. Ce serait le meilleur moyen de me faire remarquer.

Cependant, il me faut peu de temps pour arriver à River Park. Le plus rapide, c'est de couper par un sentier qui descend en serpentant sur la pente abrupte menant à l'Elbow. Juste en bas se trouve une aire de pique-nique où j'allais avec mes parents, le dimanche, quand j'étais petite.

Lorsque j'y arrive, hors d'haleine, j'aperçois Matthieu assis à une des tables. Je fonce sur lui avec la discrétion d'un rhinocéros de mauvaise humeur. Il se lève brusquement et me fait face, l'air assez déboussolé.

— Ah, c'est toi, bredouille-t-il. Tant mieux, finalement. Ce sera plus facile pour discuter avec Bérénice.

— Rien ne sera plus facile, dis-je d'un ton sec. Tu ne restes pas ici, tu remontes avec moi et tu laisses Bérénice en dehors de tout ça.

— Tu as l'argent? reprend-il avec un sourire inattendu qui me dégoûte un peu.

— Je n'ai pas d'argent. Où veux-tu que je le prenne? D'accord, j'ai été stupide de te suivre dans cette histoire, mais c'était à toi de me mettre en garde. Je me suis comportée comme une petite fille idiote, mais toi, tu en as profité et tu t'es conduit comme un véritable salaud.

— Le moment est mal choisi pour me faire la morale. Salaud ou pas, j'ai Alain sur le dos et lui, il ne va pas se contenter d'un discours.

Alain! «Alain est fou furieux, il est capable de tout», a dit Matthieu tout à l'heure. Capable de quoi? J'ai bien peur de le deviner. Pourtant, je n'ai pas pitié de Matthieu. Ce n'est pas parce qu'il est en danger qu'il doit impliquer une fille comme Bérénice dans ses histoires.

— Écoute, Matthieu, c'est ton problème, maintenant. Va à la police et explique-leur tout. Ils te protégeront, c'est leur rôle.

— Leur rôle? Tu rêves, ma pauvre. Et tu t'imagines peut-être qu'Alain est seul? Une visite à la police et, dans l'heure qui suit, on me retrouve sur un terrain vague, un couteau entre les épaules!

Je ne sais pas quoi répondre. Matthieu n'a pas tort. Mais, d'un autre côté, est-ce une raison pour faire payer Bérénice? Il doit y avoir une autre solution. Profitant de ma perplexité, Matthieu contre-attaque:

— Et puis, je ne suis pas le seul à courir des risques. Alain te connaît, il connaît Bérénice, aussi. Hier soir je les ai vus ensemble, près de votre école, et si tu veux mon avis, ce n'était pas pour parler des examens de fin d'année…

J'accuse le coup en frissonnant. Bérénice avec Alain! Mais non, c'est invraisemblable, Matthieu est en train de me raconter des histoires, de m'embobiner comme une gamine. Je ne marche pas. Je ne me laisserai pas avoir une deuxième fois!

— Tu mens! Bérénice n'a rien à voir dans tout ça. Tout ce qui t'intéresse chez elle, c'est qu'elle peut avoir de l'argent sans problème!

— Tu l'as dit, reprend Matthieu avec un ricanement. Alors justement, si elle peut en avoir à volonté, pourquoi ne pas en profiter? Ça nous sortirait d'un joli pétrin et ça ne lui coûterait pas grand-chose.

C'en est trop. C'est plus fort que moi, je lui crache à la figure. Matthieu, surpris, se met à hurler et à m'injurier. Je lui réponds sur le même ton, je ne me contrôle plus. Puis, quand j'ai vidé mon sac, à bout de souffle, je me calme un peu et laisse tomber avec mépris :

— Tu es vraiment une ordure, tu me dégoûtes. Et puis tu attends pour rien, elle ne viendra pas. Bérénice n'est pas une idiote.

— Bien sûr, qu'elle viendra. Je lui ai dit que tu étais en danger, elle ne te laissera pas tomber. D'ailleurs, c'est elle-même qui m'a donné rendez-vous ici. Elle va arriver d'un instant à l'autre.

— Alors je vais la prévenir ! fais-je dans un cri de rage. Et tu devras te débrouiller autrement !

Mais, à peine ai-je tourné les talons pour m'enfuir que Matthieu se jette sur moi et m'agrippe par les épaules. Je me retourne d'un seul coup et le prends violemment au col. Il me repousse, me frappe, je tombe sur le sol. Mais je me relève aussitôt et, les forces décuplées par la fureur, je me jette sur lui. Sans arrêter mon mouvement, je tourne sur moi-même et, jouant de mon élan, je le projette vers une des tables contre laquelle il s'écrase avec un bruit sourd.

Matthieu retombe lourdement sur le banc et s'y affale sur le dos, en soupirant.

Puis plus rien. Plus un bruit. Ma colère retombe brusquement. Qu'ai-je fait ?

Je m'approche et me penche sur lui. Sa bouche est ouverte, un filet de sang coule de son nez. Il est complètement inerte. Je me redresse d'un seul coup, horrifiée. Comment est-ce possible ? Matthieu ne méritait tout de même pas ça. Ce n'est pas ma faute, je ne voulais pas ! C'est… c'est un accident…

Anxieusement, je regarde tout autour de moi. Le calme règne, le silence… On n'entend que le bruissement léger de la rivière toute proche. Je n'ose pas toucher le cadavre. Petit à petit, la réalité de mon acte m'apparaît dans toute son horreur. Une meurtrière, voilà ce que je suis devenue !

Bouleversée, incapable de réfléchir, je recule pas à pas, sans quitter le corps des yeux, hypnotisée. Puis, brusquement, je fais volte-face et me mets à courir, désespérément.

Dans le sentier qui grimpe sous les arbres, tête baissée, les yeux pleins de larmes, je ne vois pas où je vais. Hors d'haleine, je mets péniblement un pied devant l'autre sans plus penser à rien.

---

GRENIER-TALAVÉRA

Soudain, je heurte violemment un obstacle. Quelqu'un! Je relève la tête. C'est Alain.

# 3

## LE PIÈGE

Alain me saisit brusquement par les poignets.

— Alors, fillette, on traîne la nuit sans ses parents ?

Le ton se voudrait sarcastique, mais il n'est que méprisant. J'essaie de me dégager, mais Alain est trop fort pour moi. Il resserre son étreinte et me fait mal.

Que veut-il, que fait-il ici ? Ça ne peut pas être un hasard, il devait connaître l'existence de ce rendez-vous.

— Arrête de gigoter comme ça, reprend-il, sinon je t'en flanque une grosse sur la figure. Et explique-moi un peu ce que tu fabriques ici. Tu es venue payer tes dettes, peut-être ?

Tant bien que mal, j'essaie de reprendre mes esprits et d'analyser la situation. En bas, le cadavre de Matthieu, que j'ai tué sans le vouloir. Ici, cette ordure d'Alain qui ne s'intéresse qu'à son fric et qui ne lâchera pas prise tant qu'il ne l'aura pas reçu. Et moi, prise au piège entre les deux... Comment m'en sortir?

Alain aura beau jeu de témoigner contre moi, quand la police trouvera le corps. Il m'aura croisée, remontant du lieu du crime juste à l'heure où il a été commis, complètement paniquée. Facile...

Et pourtant... Réfléchissant à toute vitesse, il me semble que j'entrevois une solution. La parole d'une jeune étudiante égarée contre celle d'un trafiquant probablement fiché, reconnu... quel sera le choix de la police? La mienne, probablement. Règlement de compte entre membres d'une même bande, ce sera le scénario le plus plausible.

Tout d'abord, envoyer Alain en bas. Il importe que lui aussi se soit trouvé sur les lieux. Je redresse la tête, le fixe dans les yeux et dis d'une voix ferme:

— Parfaitement, je suis venue payer mes dettes. Je les ai payées à Matthieu. Tu n'as qu'à te débrouiller avec lui.

Alain relâche la pression sur mes poignets. Il reprend :

— Je m'en doutais. J'avais raison de me méfier de lui et de le suivre. Je n'ai plus qu'à le cueillir. Où est-il ? Il est resté en bas ?

— Je ne sais pas. Avec un paquet de dollars comme il a, je suppose qu'il ne va pas y passer la nuit. Il est peut-être parti par le pont pour rejoindre le centre-ville.

Alain me lâche et me repousse violemment, si fort que je m'écroule dans les buissons. Poussant un juron, il s'élance sur le chemin et disparaît rapidement sous le couvert.

Je reste un moment assise sur le sol, encore sous le choc de ce qui vient de m'arriver. Et pourtant, il ne faut pas traîner. Dès qu'Alain aura compris ce qui s'est vraiment passé, et ce n'est pas bien difficile, il va remonter et me prendre en chasse.

La panique me reprend. D'un bond, je suis debout et je m'élance vers le haut du parc. Je dois me mettre à l'abri.

Arrivée en haut, je file vers les premières maisons et m'engouffre dans les allées arrière qui bordent les jardins et les cours. Elles ne sont pas éclairées et je me fonds aussitôt dans l'ombre.

Où aller, maintenant ? Rentrer à la maison ? Ce serait le plus sage, d'autant plus que mes parents ont déjà dû appeler la police. D'une part je serais en sécurité, d'autre part je pourrais témoigner en racontant que j'ai rencontré Alain et Matthieu près de River Park, et que je les ai vus se disputer.

Oui, c'est la meilleure chose à faire. Sauf que… j'ai oublié un détail. Bérénice ! Et si elle arrive maintenant, et qu'elle tombe sur Alain ? Ce fou sera dans un tel état, comment peut-il réagir ? Mal, je suppose.

Évidemment, Bérénice, je ne l'ai pas vue dans le sentier, mais c'est normal. Le plus court chemin, en venant de chez elle, c'est de descendre par la piste cyclable, de l'autre côté du parc. Aller jusque-là sans se faire voir, ce n'est pas évident. Toute la partie du parc la plus proche de la rue est complètement dépourvue d'arbre. Quand on s'y promène, on est comme sur une scène de théâtre. Je vais donc suivre les ruelles derrière les maisons jusqu'à la 50ᵉ avenue et, de là, en courant, je ne serai pas plus d'une minute en terrain découvert. Assez hésité. Je pars au galop.

Ces allées sans lumière sont sinistres. Autant les maisons de ce quartier respirent la fortune, autant leurs arrière-cours ressemblent à des dépotoirs. Elles sont vraiment à l'image de leurs proprié-taires : de gros hypocrites tout en façade et, derrière cette apparence, la réalité vraie. Les poubelles...

$50^e$ avenue. Elle est bien éclairée, celle-là. J'avance prudemment, regarde à droite, à gauche. Personne. Pas un mou-vement, pas un phare de voiture en vue. J'accélère en direction du parc.

Là, de nouveau, je plonge dans l'ombre puis je m'arrête pour reprendre mon souffle et jeter un coup d'œil en arrière. Rien. Tout est calme. Si Bérénice est venue, elle doit déjà être en bas. Je repars au trot. La descente est rapide. Arrivée près du stationnement, je m'arrête pour écouter attentivement. Toujours le calme. Mais quel calme ? Parce que rien ne se passe, ou parce qu'il est déjà trop tard ? Je repars aussitôt, restant sous le couvert des arbres qui bordent la rivière : je ne tiens pas à ce que ce soit Alain qui m'aperçoive en premier.

Enfin j'arrive du côté des tables. Il fait tout à fait sombre, maintenant, le ciel s'est couvert. Toujours aucun bruit. J'avance prudemment, passant de tronc en tronc, essayant de ne pas me découvrir.

Tout à coup, j'entrevois une silhouette, les pieds dans l'eau. Une silhouette féminine. Bérénice ? Mais que fait-elle ? Courbée par l'effort, elle traîne quelque chose de lourd dans le courant. On dirait un corps. Oui, c'est bien ça ! Un corps sans vie… Matthieu ! Et Alain, où est-il passé ? Je ne comprends pas…

Je frissonne. Je repense soudain à ce que m'a dit Matthieu, tout à l'heure, à propos d'Alain. « Il connaît Bérénice, aussi. Hier soir, je les ai vus ensemble… » Bérénice, de mèche avec Alain ? Ce n'est pas possible ! J'ai le monde entier contre moi !

Malgré la curiosité qui me ronge, je recule dans l'ombre, lentement, et repars en arrière. En fait, j'ai peur de ce que je pourrais découvrir. Bérénice, cette jeune fille sage et sans histoire, trempant dans des histoires de voyous ?

Ce qui m'intrigue, tout de même, c'est la disparition d'Alain. Pourquoi n'est-il pas avec sa complice? Il y a quelque chose qui m'échappe. Ça n'est pas logique. Et pourtant, à l'instant, j'ai bien vu Bérénice balancer le cadavre de Matthieu dans la rivière... Est-ce que je deviens folle?

Soudain, un bruit me fait sursauter. Un bruit de course. Je plonge derrière un buisson et me mets aux aguets. Le ciel s'est dégagé maintenant et je vois le chemin éclairé par la lune. Quelqu'un arrive en courant. C'est Bérénice. Elle est seule.

Qu'est-ce que je risque, après tout? Je veux savoir. D'un bond, je sors de ma cachette et me dresse devant elle. Bérénice s'arrête brusquement et me regarde comme si je venais de tomber de la lune. Elle est complètement essoufflée, incapable d'articuler une parole. J'ai l'impression, aussi, qu'elle est au bord des larmes.

— Ne restons pas là, finit-elle par bégayer. Fichons le camp, vite...

Sans attendre de réponse, elle reprend sa course, m'entraînant à sa suite. Nous sommes très vite au stationnement désert, puis nous entamons la montée. Malgré sa dureté, nous ne ralentissons pas ; c'est comme si nous avions le diable aux fesses. Finalement, parvenues aux premières maisons, nous nous engouffrons dans une allée obscure où nous nous arrêtons enfin.

Tout en reprenant mon souffle, je regarde Bérénice à la dérobée. Ce que je lis dans son expression, c'est davantage le désarroi le plus total que la duplicité. Mais elle reste muette. Moi-même, je ne sais pas quoi dire.

Bérénice s'assoit sur le sol, la tête entre les genoux, s'efforçant de ralentir sa respiration. Je fais de même. Mon cœur se calme un peu. C'est elle qui, après un long moment, ose rompre le silence en premier.

— Alors tu étais là… Tu as tout vu…

Elle s'arrête puis reprend :

— Ce n'est pas moi, je te jure. Il était déjà mort…

— Je sais, fais-je d'une voix presque inaudible, en baissant la tête encore plus. C'est… c'est moi qui l'ai tué…

# 4

## QUI ?

Deux filles dans la nuit, seules. Le silence. Bérénice, manifestement, ne s'attendait pas à cet aveu. Elle me regarde, incrédule.

— Tu l'as tué ? murmure-t-elle après un long silence. C'est effrayant. Mais comment as-tu pu faire ça ?

Elle secoue la tête et ajoute à voix basse :

— Il est vrai que Zach était là…

— Zach ? Qu'est-ce que tu veux dire ? Qu'est-ce que Zach vient faire là-dedans ?

— Comment ! Il n'était pas avec toi ?

— Mais non, voyons. J'étais seule avec Matthieu quand je l'ai…

— Matthieu ! s'exclame Bérénice. Je l'avais oublié ! Il est donc venu lui aussi ?

Je la regarde dans les yeux, décontenancée. Pourquoi cette question à propos de Matthieu. Elle vient de jeter son corps dans la rivière, non ? De quoi parle-t-elle. Est-ce qu'elle me prend pour une idiote ?

Les yeux dans les yeux, nous nous taisons, chacune cherchant à jauger l'autre. À la juger, peut-être. Moi, son amie, je viens de tuer quelqu'un qui venait de lui donner rendez-vous. Mais elle ? Pourquoi, ayant découvert son corps, l'a-t-elle fait disparaître dans la rivière ? Qu'est-ce qui a pu la pousser à exécuter ce travail macabre ?

Et pourquoi ces remarques à propos de Zach et de Matthieu ? Quel mélange fait-elle ? Est-ce que, tout simplement, elle ne serait pas en train de chercher à m'embrouiller ? Mais dans quel but ?

Bérénice, pourtant, ne me paraît pas mentir. J'ai plutôt l'impression que nous parlons de deux événements différents, que nous suivons chacune notre histoire en croyant qu'elle est aussi celle de l'autre. Dans le fond, Bérénice semble en proie au même doute que moi.

— Stéphanie, me demande-t-elle soudain. Qu'est-ce qui s'est passé, exactement ?

— Je ne sais pas… Je ne sais plus… Nous nous sommes disputés violemment. Il m'a dit qu'il t'avait donné rendez-vous au parc pour te soutirer de l'argent. Je ne voulais pas de ça, tu es mon amie, tu comprends, je ne voulais pas… Alors je l'ai frappé. Il est tombé… Il ne bougeait plus, il saignait… J'ai eu peur, je me suis sauvée…

— Mais de *qui* parles-tu, enfin ?

— Tu te fiches de moi, Bérénice ! Je t'ai vue balancer son corps dans la rivière…

Bérénice me regarde longuement en silence.

— J'ignore qui tu crois avoir tué, murmure-t-elle enfin, mais le corps que j'ai poussé dans l'eau, c'était celui d'Alain…

— Alain ! Mais moi, je te parle de Matthieu !

— C'est impossible, voyons ! Je ne suis pas aveugle, je n'ai pas pu prendre l'un pour l'autre !

— Parce que tu penses que moi j'aurais pu le faire ! m'exclamé-je violemment. Alors tu crois que c'est moi qui suis folle ! Allez, dis-le !

Bérénice ne répond pas tout de suite. Je la sens gênée. Moi, je n'y comprends plus rien, mais je m'arrête au seuil de l'énigme. Bérénice, elle, refuse de ne pas comprendre. Elle est comme ça. Entre elle et les éléments, c'est elle qui veut avoir raison.

Finalement, nous ne pouvons nous accorder que sur deux points : c'est bien Matthieu que j'ai laissé pour mort avant de m'enfuir, et c'est bien le corps d'Alain que Bérénice a trouvé, traîné jusqu'à la rivière, jeté dans le courant... Entre les deux, que s'est-il passé ?

Nous reprenons notre chemin, sans dire un mot, chacune suivant sa pensée. Bérénice a décidé de rester avec moi. Elle pense que le mieux à faire est de rentrer chez moi, et elle me propose de m'accompagner.

Nous passons par les petites rues, pour éviter les voitures de police que je suppose lancées à mes trousses. J'ai trop d'imagination, peut-être ? Qu'importe. Chaque fois que des phares apparaissent au bout d'une rue, nous nous jetons dans un jardin jusqu'à ce que la voiture ait disparu. C'est inutile, d'ailleurs. Je dois reconnaître qu'aucune de ces voitures n'appartient à la police.

En chemin, Bérénice décide de téléphoner d'une cabine à ses parents pour les tranquilliser.

— Je ne les ai pas avertis de ma sortie, tu comprends. Ils doivent être morts d'inquiétude.

Pendant qu'elle téléphone, je reste en retrait et je fais le guet. Lorsqu'elle sort de la cabine, je suis frappée par sa mine défaite.

— Quelque chose de grave?

— Non, non, répond-elle en secouant la tête.

J'ai l'impression qu'elle me cache quelque chose. J'insiste :

— Tes parents ont appelé la police?

— Non, fait-elle avec amertume. Mais j'aurais mieux fait de me taire. Ce n'était pas la peine d'appeler, ils ne s'étaient même pas aperçus de mon absence!

Ses parents ne s'étaient pas aperçus de son absence! Et c'est ça qui la chagrine! Si seulement il pouvait en être de même avec les miens!

Tout en marchant, j'essaie de revenir à ce qui nous préoccupe et de reconstituer les événements de la soirée, ce qui me semble plus important que la réaction des parents de Bérénice.

Tout d'abord, où est passé le corps de Matthieu? C'est Alain qui l'a fait disparaître, probablement. L'ayant découvert, il a dû penser, comme je l'avais prévu, qu'il serait le coupable désigné et il s'en est débarrassé juste avant l'arrivée de Bérénice. Mais lui-même, qui l'a tué? Pourquoi Bérénice a-t-elle traîné son corps dans la rivière? Et pourquoi a-t-elle parlé de Zach à ce propos?

Zach, c'est invraisemblable! Lui, la clé du mystère? Bah, pourquoi pas, après tout. Il est idiot, mais il est assez entiché de Bérénice pour faire n'importe quoi. Il l'idolâtre! Pour elle, je crois même qu'il irait se pendre, si elle le lui demandait.

Je remarque pourtant que, curieusement, Bérénice n'est pas revenue sur le sujet. Quand elle a murmuré «*Il est vrai que Zach était là*», il n'y avait aucune interrogation dans son ton. C'était net. Zach était là ce soir, bien là, c'était pour elle une évidence. Alors, pourquoi n'en a-t-elle pas reparlé?

Je me demande si elle n'en sait pas beaucoup plus long qu'elle veut bien le dire. L'apparition de Zach dans ce drame me déconcerte totalement. Elle n'est pas fortuite, c'est certain. Je ne crois pas au hasard. Mais Zach se trouvait-il sur les lieux parce qu'il a suivi Bérénice, ce qui ne m'étonnerait pas de lui, ou bien est-ce elle qui lui a demandé de l'accompagner, ce que je comprendrais également car, pour un rendez-vous nocturne de ce genre, il vaut mieux être deux ?

Dans les deux cas, quelle est la part prise par Zach dans la mort d'Alain ? Et, surtout, quelle est celle de Bérénice ? Bérénice a-t-elle simplement surpris Zach commettant un crime, ou sont-ils complices ?

La question me brûle les lèvres mais Bérénice n'a plus l'air très disposée à discuter et je ne sais pas comment aborder le problème.

Elle marche à côté de moi, l'air renfrogné et maussade. Pourquoi tout ce mystère autour de Zach ? Qu'on ne me dise pas qu'elle est amoureuse de lui, tout de même ! Ce serait trop cocasse ! Le crapaud et la colombe !

# IV

# ZACH

# 1

## Un revenant

Lui? Non… C'est impossible! Je l'ai vu mort, étendu sur ce banc dans le parc. Et Bérénice, ensuite, traînant son corps jusqu'à la rivière, le jetant dans le courant. Est-ce que je deviens fou?

Je suis toujours à quatre pattes dans le salon, incapable du moindre mouvement, incapable même de réfléchir. La peur me tient par le ventre. Il n'est pas mort, il est là! Que me veut-il?

Soudain, j'entends frapper à la vitre de la cuisine, qui donne sur l'arrière. Lui, encore! Il a fait le tour de la maison! Je voudrais faire le mort. En pure perte, probablement, puisqu'il sait manifestement que je suis là. Ira-t-il jusqu'à briser la vitre? Tremblant, je me lève et me dirige vers la cuisine.

Du couloir, en m'avançant avec précaution, j'aperçois sa tête par la fenêtre. Il essaie de voir ce qui se passe dans la maison. C'est bien lui. C'est bien Matthieu! Mais comment s'en est-il sorti? J'ai encore dans la tête cette image obsédante, Bérénice le faisant disparaître dans l'Elbow, le courant qui l'emporte… Ce n'est pas possible… Est-ce que je dois croire pour de bon aux revenants?

Je ne sais plus que penser. Même la réalité n'est plus fiable. Ou bien il n'y a pas de réalité, ce n'est qu'une vue de l'esprit. Tout se mélange, comme si j'avais rêvé. Les morts, les vivants… Moi-même, d'ailleurs, en ce moment, je dois plutôt ressembler à un zombi, à un de ces monstres de la littérature fantastique qui ne sont composés que de morceaux disparates rassemblés par un créateur pas très net…

Hier soir, Matthieu était mort. Je l'ai vu! De mes yeux vu! Oui, mais… c'était hier. Le passé n'est peut-être qu'une maladie de la mémoire, et la mémoire une maladie de l'esprit, une erreur dans le fonctionnement du cerveau. C'est ça, je suis malade. Je ne devrais plus penser, plus me souvenir…

La réalité du moment, la seule qui compte, celle à laquelle je suis confronté en cet instant précis, c'est celle-ci : Matthieu est là, en chair et en os, et il cherche à entrer.

Je ne suis pourtant rien pour lui, pourquoi est-il venu ? Pourquoi toute cette affaire, dans laquelle je n'ai absolument rien à voir, semble-t-elle me poursuivre, tourner autour de moi, essayer de m'avaler ? Tout ça parce que je me suis trouvé au mauvais endroit au mauvais moment ! Calgary n'est donc pas assez grand ?

Je voudrais pouvoir me dérober, mais je me rends compte que je ne peux pas. Il y a Bérénice. Elle est impliquée, elle aussi. Et salement ! Si Matthieu s'en est sorti, je ne sais comment, Bérénice est plus que jamais en danger. Matthieu va chercher à se venger. Peut-être même l'a-t-il déjà fait…

Mais oui ! Bien sûr ! C'est ça ! Et maintenant, c'est mon tour ! Comment n'y ai-je pas pensé plus tôt ? Bérénice a cru qu'elle avait tué Matthieu, tout comme moi, mais il n'était qu'assommé. Il s'est réveillé au contact de l'eau glacée et il a regagné le bord.

Même si le courant est assez violent en cette saison, la rivière n'est jamais très profonde. Il a pu reprendre pied facilement. Que s'est-il passé alors ? Il s'est mis en chasse évidemment, mais a-t-il pu rattraper Bérénice avant qu'elle n'arrive chez elle ? Peut-être. La haine peut donner des ailes. Mais ce n'est pas sûr…

En revanche, il est tombé sur mon blouson. C'est même ma seule certitude, puisqu'il l'a enfilé. Un cadeau pour lui : un reçu d'inscription à la bibliothèque dans la poche, avec mes nom et adresse ! Qu'a-t-il pu en penser ? Que j'étais le complice de Bérénice, c'est clair.

Et puis non, ça ne cadre pas. S'il s'est disputé et battu avec Bérénice, comme je l'ai entendu pendant que je me trouvais au bord de l'eau, et même s'il a eu le dessous, il a bien vu que je n'étais pas là ! Je ne suis arrivé qu'après.

Je secoue la tête. Penser ne me réussit pas, toutes mes hypothèses sont aussi bancales les unes que les autres, aucune ne tient debout. Je n'arrive pas à remettre en ordre les pièces de ce casse-tête. Il en reste toujours une, à la fin, qui n'a pas sa place dans le tableau.

Alors?

Alors rien. Je renonce à comprendre. Le seul qui puisse peut-être m'expliquer quelque chose est là, dehors, tout près. Il a mon blouson sur le dos, il me cherche. Je ne sais pas ce qu'il me veut, mais lui seul pourra m'expliquer dans quoi je me suis fourré, une fois de plus, sans avoir rien demandé.

Matthieu est toujours là, le visage collé à la vitre, les mains de chaque côté de ses yeux pour éviter les reflets. Il ne peut pas me distinguer, j'en suis sûr, je suis immobile dans le coin le plus sombre du couloir. Et pourtant, il agit comme s'il me voyait…

Enfin il recule et va à la porte qui donne sur le jardin. Il frappe, doucement, comme s'il était sûr que je me trouvais juste derrière.

Que puis-je faire d'autre? Je n'ai pas mon mot à dire, dans cette histoire, je ne suis qu'un pantin dépourvu de volonté. Je dois m'exécuter, c'est tout. Je vais lui ouvrir.

# 2

## CHASSEUR OU GIBIER ?

Nous sommes assis face à face, silencieux.

Quand je lui ai ouvert la porte, Matthieu a sursauté. Il se tenait légèrement en retrait, sur la défensive. On l'aurait dit prêt à bondir. Et puis, au moment où il m'a reconnu, il s'est légèrement détendu, puis il s'est très vite crispé de nouveau et a commencé à me dévisager d'un œil soupçonneux.

Il ne m'a vu qu'une seule fois, pourtant, cette soirée de la semaine dernière où j'ai accompagné Bérénice au café. Autant dire qu'il ne m'a jamais vu. Il n'a aucune raison de croire que je lui veux du mal.

Cependant, je devais avoir l'air encore plus effrayé que lui car, au bout d'un moment, il a semblé reprendre de son assurance. Il est entré, mais j'ai remarqué qu'à tout instant il s'arrangeait pour laisser un maximum de distance entre lui et moi. Défiance?

Je ne me sens pas à l'aise mais, curieusement, il ne le semble pas plus que moi. Son comportement est étrange. Il n'a pas l'attitude de quelqu'un qui vient exécuter une vengeance. On dirait même qu'il me craint, qu'il est venu me demander quelque chose et non pas me supprimer.

Ma bouche est sèche. Le cœur battant à rompre, je le regarde fixement et, à mon grand étonnement, c'est lui qui finit par baisser les yeux. Qui est le chasseur, ici? Qui est le gibier?

Pourtant, je ne sais vraiment pas quoi dire. Enfin, il relève la tête et c'est lui qui brise le silence:

— C'est... c'est vraiment toi, Zach?

Je trouve cette question stupéfiante! Que répondre? J'avoue que je me la suis posée moi-même quelquefois... Cependant, pour la première fois depuis le début de cette affaire, j'ai l'impression que je ne suis plus intégralement manipulé, que j'existe indépendamment du regard des autres.

Matthieu, maintenant, me regarde. Je ne réponds pas tout de suite. D'une part parce que je ne sais pas quoi répondre, mais aussi parce que je sens que, cette fois, je ne suis plus un simple pion dans un jeu dont je ne connais pas la règle.

Cette règle, malheureusement, je l'ignore toujours autant mais, au moins, il semble que je détienne un pouvoir sur Matthieu. À moi de découvrir lequel, rapidement, car je ne vais pas conserver éternellement mon avantage.

Je fouille rapidement dans ma mémoire à la recherche d'une réponse appropriée. Pas ma mémoire personnelle, bien sûr : celle-ci est désespérément vide. Mais cette mémoire littéraire qui me tient lieu de souvenirs, de colonne vertébrale, même, et qui est la seule que je nourrisse régulièrement.

Voyons. Que ferait le héros positif dans une pareille circonstance ? Il aurait une réponse ironique, bien sûr. Cinglante, sans appel. Oui, seulement le héros, même génial, il ne la trouve pas tout seul, cette réponse : c'est l'auteur qui la lui souffle ! Moi, j'ai beau prêter l'oreille, on ne me souffle rien...

Alors je ne dis rien. Je me contente de plisser la bouche, d'un seul côté, en ce qui me semble être un sourire sardonique. Matthieu en est-il dupe? Peut-être. Je ne sais toujours pas pour qui il me prend, mais il n'a pas l'air d'être très à son aise. Il reprend, d'une voix mal assurée :

— Eh bien, je t'ai rapporté ton blouson. Je ne voulais pas le laisser là-bas. Tu comprends, si quelqu'un l'avait trouvé, on aurait pu en déduire pas mal de choses…

C'est donc pour ça qu'il est venu? Pour me rapporter mon blouson et éviter qu'on ne m'accuse d'un crime? Mais pourquoi? Je ne suis rien pour lui. Et d'ailleurs, ça n'a pas de sens puisqu'il n'est pas mort. S'il n'y a pas eu crime, il ne peut pas y avoir de criminel…

Alors, pourquoi cette tentative de Matthieu pour m'amadouer, pour me montrer sa bonne volonté? Qui suis-je donc pour lui?

Je crois que je tiens enfin la bonne question, à défaut de la bonne réponse. Matthieu me prend pour quelqu'un d'autre. Mais pour qui?

Lentement, avec des gestes mesurés, il enlève le blouson et me le tend en se levant à demi. Pourtant, je ne fais pas un mouvement pour le prendre. Et si c'était un piège ? Il doit sentir que je reste sur la défensive car il se rassoit et pose simplement le blouson sur la table basse qui nous sépare. De nouveau, il me regarde.

— Pour Alain, fait-il d'un ton hésitant, ce n'est pas entièrement de ma faute. C'est... c'est lui qui a commencé, j'étais en état de légitime défense...

Alain ? Pourquoi me parle-t-il de lui comme si son sort m'importait ? Comme si j'étais son ami, ou son complice ? J'essaie de comprendre ce qui peut se passer dans sa tête. Une fois de plus, je fais défiler dans mon esprit les événements de la veille.

Hier soir, à la suite d'une discussion explosive avec Bérénice, il y a eu bagarre et Bérénice l'a assommé. Elle s'est sauvée puis est revenue – après que j'ai vu moi-même le corps de Matthieu, que j'ai cru mort – pour faire disparaître le cadavre. Le cadavre qui n'en était pas un. D'une manière ou d'une autre, Matthieu s'en est sorti et, de retour sur la berge, il a trouvé mon blouson.

C'est ici que je décroche. Tout ce qu'il pouvait en déduire, à ce moment-là, c'est que j'étais le complice de Bérénice, et donc son ennemi à lui. Or c'est à Alain qu'il a pensé. «J'étais en état de légitime défense», vient-il de dire. Qu'est-ce que ça signifie?

Une fois de plus, je dois me rendre à l'évidence. Ce que j'ai vu ne correspond pas à ce qui s'est passé réellement. Et pourtant, je l'ai vu, je l'ai entendu…

J'hésite. Si je pose des questions, Matthieu va immédiatement comprendre qu'il se trompe à mon sujet. Comment réagira-t-il alors? Je perdrai le bénéfice de l'importance qu'il semble m'accorder. Je ne dois pas lui montrer ma propre peur. Il me faut, au contraire, augmenter la sienne. D'accord, allons-y. Je respire un grand coup et durcis mon regard, que je plonge dans le sien.

— Écoute, dis-je enfin d'une voix que je m'efforce de rendre coupante. Inutile de me raconter des histoires. Tu ferais mieux de me dire exactement ce qui s'est passé hier soir. Ça t'évitera des ennuis.

Voilà. C'est sorti. Je reprends mon souffle. Si Matthieu pouvait voir mon cœur battre, il verrait que mon assurance ne repose sur rien, qu'à la moindre réaction de sa part, je m'effondrerais comme un château de cartes.

Et pourtant non. Ça marche. C'est incroyable ! Matthieu secoue la tête et, d'une voix basse, il commence son récit.

— D'accord, dit-il. Tout d'abord, tu dois savoir que je n'avais aucune intention de le doubler. J'avais trouvé un moyen d'avoir l'argent que Stéphanie ne pouvait pas nous procurer. J'avais rendez-vous avec cette fille à papa, Bérénice. Tu la connais je crois ?

À l'évocation de ce nom, je sens que je me liquéfie. Je serre les dents et essaie de n'en rien laisser paraître. Matthieu poursuit :

— En fait, Bérénice n'est pas venue. C'est Stéphanie qui est arrivée à sa place. Elle voulait protéger sa copine, mais en même temps elle n'avait aucune solution de rechange. Nous nous sommes disputés assez violemment et, euh, ma tête a heurté un des bancs et j'ai perdu connaissance.

Et puis, brusquement, j'ai senti qu'on me secouait brutalement et qu'on me donnait des claques dans la figure. Je me suis réveillé d'un seul coup. C'était Alain. J'ai voulu me dégager et, sans réfléchir, je lui ai envoyé un coup de genou dans le ventre. Alain a roulé à terre, mais il s'est redressé presque aussi-tôt et il s'est jeté sur moi. Je n'ai pas eu le temps d'esquiver, j'étais encore trop sonné. Mais, instinctivement, j'ai sorti mon couteau de ma poche et je l'ai pointé sur lui. Je... je n'avais pas vrai-ment l'intention de le tuer, tu com-prends, c'était une réaction de défense spontanée... En fait, Alain s'est tué lui-même. C'était atroce, il s'est littéra-lement empalé sur ma lame, et il s'est effondré sur moi.

J'ai paniqué, je l'avoue. J'ai rejeté son corps à terre et je me suis enfui. C'est plus tard, quand je suis revenu sur les lieux pour essayer de... hum, disons, de dissimuler le cadavre, que j'ai constaté qu'il avait disparu.

— Et que tu as trouvé mon blouson.

— Oui. Sur le coup, j'ai été presque soulagé. J'ai même pensé un moment qu'il n'était pas mort. C'est en voyant les traces sur le sol que j'ai compris ce qui s'était passé, que tu l'avais balancé dans la rivière… Évidemment, c'est mieux pour nous tous que la police ne mette pas son nez dans cette affaire. Je ne savais pas que tu travaillais avec lui, c'est pour ça que je suis venu te voir. Je ne voudrais pas que tu penses que j'ai cherché à vous doubler…

C'était donc ça ! Le cadavre que Bérénice a lancé dans l'Elbow n'était pas celui de Matthieu, mais celui d'Alain. Effectivement, lorsque j'ai vu Bérénice traîner le corps, il faisait trop sombre pour que je puisse voir de qui il s'agissait. J'ai simplement supposé…

Entre le moment où j'ai reconnu le cadavre présumé de Matthieu sur le banc et celui où j'ai vu Bérénice faire disparaître celui d'Alain, le mort avait eu le temps de changer d'identité !

Seulement, la résolution de cette énigme si stupidement élémentaire me pose un nouveau problème. Bérénice n'a tué personne, et c'est mieux ainsi, mais si elle a pris le risque de jeter un cadavre dans la rivière, c'est qu'elle ne tenait pas à ce qu'on le découvre. Pourquoi?

Je crois malheureusement connaître la réponse. D'après le récit de Matthieu, il semble que Bérénice ne soit arrivée qu'après la mort d'Alain, soit après que tout le monde se fut sauvé. Un seul indice pouvait donc guider Bérénice dans ses déductions : mon blouson.

Et voilà bien ce qui pouvait m'arriver de pire : Bérénice est persuadée que c'est moi l'assassin !

# 3

## UNE IDÉE INSENSÉE

Matthieu est reparti. J'ai joué mon rôle jusqu'au bout. Je lui ai dit de se tenir tranquille et de ne plus fréquenter le reste de sa bande pendant quelque temps. Je lui ai également demandé de ne plus chercher à voir Stéphanie ou Bérénice.

Je ne le dénoncerai pas. D'abord, ce n'est pas mon genre et, de toute façon, ça n'arrangerait rien. Au contraire. Matthieu est persuadé maintenant que je fais partie de la bande d'Alain, je n'aimerais pas qu'il en parle. Je ne tiens pas à voir la police débarquer ici...

Et puis, surtout, une enquête sur les activités de Matthieu et d'Alain remuerait trop de choses louches, trop de saletés. Fatalement, elle éclabousserait Bérénice... Ça, je n'en veux à aucun prix !

Je suis retourné m'allonger sur mon lit, où j'ai recommencé à ruminer. Le mystère de cette nuit affreuse est partiellement éclairci, d'accord, mais il reste encore de nombreuses zones d'ombre.

Tout d'abord, il semble que chaque témoin de cette affaire ait vu, ou du moins compris, quelque chose de différent hier soir. Ayant assisté au même événement, mais à quelques minutes d'intervalle, chacun en a tiré sa propre version. Et tout le monde s'est trompé!

Pour ma part, j'ai cru Bérénice coupable d'un meurtre. Stéphanie, de son côté, a probablement pensé qu'elle avait tué Matthieu elle-même puisqu'elle s'est enfuie en le laissant pour mort. Quant à Bérénice, elle croit que c'est moi le coupable...

C'est ça le pire, pour moi. L'opinion des autres, je m'en fiche. Qu'ils me prennent pour un imbécile, pour un demeuré, tant mieux. Au moins, ils me laissent tranquille... Mais Bérénice! Bérénice! Son seul mépris me tuerait!

Et pourtant, ce qu'elle a fait hier devrait me faire bondir de joie. C'est pour moi, pour moi seul, qu'elle a pris ces risques énormes ! Pensant que j'avais tué, au lieu de me lâcher ou de m'enfoncer, elle a eu le courage – ou l'inconscience, mais quelle inconscience ! – d'effacer elle-même les traces de mon crime supposé. Est-ce qu'elle m'aime vraiment ?

Que va-t-il se passer maintenant ? Bien sûr l'idée qu'elle me croie un assassin m'est insupportable, mais si je rétablis la vérité, elle aura peut-être l'impression d'avoir agi en pure perte, ou d'avoir mal agi, d'avoir collaboré avec une bande de trafiquants de drogue en effaçant les traces d'un crime. Et elle m'en voudra ! Elle me détestera…

Je ne m'en sors pas. D'un côté comme de l'autre, j'ai le mauvais rôle, je suis le putois, l'infâme… Me voilà encore pris au piège. Que faire ? Me taire ? Me taire définitivement ?

Ça n'arrangerait rien, hélas. Tôt ou tard, la police découvrira le cadavre d'Alain sur les rives de l'Elbow et les recherches commenceront. Elle n'aura aucun mal à remonter les pistes. On me trouvera, on trouvera Bérénice… C'est sans espoir !

---

Il y aurait bien une solution, mais j'ose à peine me la formuler à moi-même… C'est pourtant simple. Tuer Matthieu! Le tuer avant qu'on ne trouve Alain! C'est ça, le supprimer. Ainsi, plus de témoins, plus d'indices, plus de soupçons…

Oui, c'est la seule chose à faire. Puisqu'on ne peut pas revenir en arrière, autant aller jusqu'au bout. De toute façon, j'ai déjà endossé la chemise de l'assassin aux yeux de Bérénice. Alors, passer à l'acte…

D'ailleurs je n'ai aucune sympathie pour Matthieu. C'est une vermine. Il avait l'intention d'extorquer de l'argent à Bérénice, par la violence au besoin. Et il l'a traitée devant moi de fille à papa! Est-ce qu'il croit que je vais laisser passer ça?

Déjà défilent dans ma tête mille scénarios. Le faire venir à River Park, par exemple, l'assommer et le flanquer dans l'Elbow… Ou encore, je ne sais pas moi… Non, en fait, je ne sais pas… Comment organise-t-on un meurtre? Et si c'était lui qui me tuait? Il est plus fort que moi, c'est certain, et puis c'est un voyou, moi pas. Il a une expérience en la matière que je n'ai pas…

J'ai lu des livres, bien sûr. Des tas. Avec des descriptions de crimes minutieusement préparés, des machines infernales réglées comme du papier à musique, des complots, des pièges, des mises en scène… Des pages et des pages… Je n'aurais qu'à puiser dedans pour y trouver une idée. L'ennui, c'est que moi j'ai plutôt le profil de la victime que celui du héros. Si je tends une souricière, c'est moi qui me prends le doigt dedans ! Que ferai-je lorsque je me retrouverai face à un gars comme Matthieu ? C'est moi qui recevrai son coup de couteau, c'est sûr…

Une seule personne serait capable d'exécuter ce projet. Bérénice ! Elle a un sacré sang-froid, elle l'a prouvé. C'est à elle qu'il faudrait que j'en parle. Mais comment va-t-elle me recevoir ? Est-ce qu'elle ne va pas me prendre tout de bon pour un fou ?

Cette peur de l'échec m'a toujours paralysé, face à Bérénice. Elle ne m'intimide pas, elle me terrorise ! Lorsque je me trouve devant elle, je perds mes moyens, je bégaie, je transpire à grosses gouttes. En fait, je ne peux que l'aimer de loin. Qu'elle m'adresse un sourire et je me liquéfie, qu'elle ne m'en adresse aucun et je suis au trente-sixième dessous. C'est désespérant!

Stéphanie, peut-être? Non. Cette fille me considère comme un idiot complet, au mieux, elle éclatera de rire. Il n'y a rien à faire de ce côté.

Plus j'y songe, plus je me rends compte que je dois agir seul. Et en y réfléchissant encore un peu plus, je m'aperçois que tout ce projet n'est qu'un délire inoffensif. Un de plus. Je ne tuerai jamais personne, c'est évident : que j'entende une fourmi croustiller sous ma chaussure et j'ai envie de m'évanouir! Je ne suis pas un assassin, je n'en ai pas l'étoffe…

Je me lève. De toute manière, ce n'est pas en restant ici que je résoudrai le problème. Tout ce que j'ai à faire, c'est retrouver Matthieu et lui dire la vérité. D'ailleurs, il n'aura pas peur de moi bien longtemps, je ne suis pas très crédible en gangster. Il n'est sans doute pas idiot à ce point-là. Je lui dirai que je ne le dénoncerai pas et qu'en échange, il n'aura qu'à m'oublier. Et oublier Bérénice.

Après avoir encore hésité un bon moment, j'enfile mon blouson – maudit blouson ! – et je sors. Direction, la 17$^e$ avenue, que je remonterai jusqu'à la 4$^e$ rue. J'irai au café où j'ai rencontré Matthieu pour la première fois, et s'il n'y est pas, je l'attendrai, ou j'interrogerai les gens. Je verrai bien…

Une seule chose est sûre : je ne rentrerai pas ce soir avant de lui avoir tout expliqué.

# 4

## RÈGLEMENT DE COMPTE

Je suis rentré chez moi, finalement. Il commençait à faire nuit, j'avais faim… Et, bien entendu, je n'ai pas vu Matthieu.

J'ai passé ma journée à dévisager tout le monde, à absorber d'énormes quantités de café, à poser des questions à des gens qui ne m'ont pas répondu, qui ne m'ont même pas regardé…

En arrivant à la maison, je tombe sur ma mère en train de préparer le souper.

— Ah, tu étais sorti, dit-elle sans même tourner la tête. As-tu fait tes devoirs ? J'espère que tu n'es pas allé traîner du côté du parc. Il s'y passe de drôles de choses, ces temps-ci…

Je m'arrête net. Ma mère continue son travail sans me regarder. Qu'a-t-elle voulu dire ? Il suffirait sans doute de lui demander. Mais, sans transition et sans me laisser le temps de répondre, comme d'habitude lorsqu'elle me parle, elle reprend :

— Au fait, ta copine Bérénice a essayé de te joindre plusieurs fois. Elle veut peut-être t'inviter au cinéma. Tu devrais la rappeler.

Je file dans ma chambre, bouleversé. De drôles de choses à River Park ? Il ne s'est passé qu'une drôle de chose à River Park, et elle n'est pas drôle du tout : la police a dû trouver le cadavre d'Alain. C'est pour ça que Bérénice a appelé. Mais pour me dire quoi ?

Pour me mettre en garde parce qu'elle me croit coupable ? Ou peut-être Matthieu a-t-il parlé, ou Stéphanie... La police est peut-être déjà sur notre piste... Ma mère a raison, même si elle ne sait pas pourquoi. Je dois rappeler Bérénice.

Je remonte au salon. Téléphoner d'ici ? Non, je n'ai pas envie que ma mère entende notre conversation. Je reprends mon blouson et je me rue dehors comme un fou.

— Où vas-tu encore ? s'écrie ma mère en m'entendant ouvrir la porte. Nous allons souper.

— À la bibliothèque, fais-je sans m'arrêter. J'ai un travail urgent à rendre.

— À cette heure-ci ?

— Euh, oui… Aujourd'hui, ils font nocturne…

Et je file dans la nuit. Ma mère ne fera rien pour me retenir, elle a compris depuis longtemps que je passe plus de temps parmi les livres que nulle part ailleurs.

Une fois dans la rue, je me précipite vers la première cabine téléphonique. Je compose fébrilement le numéro de Bérénice, le seul que je connaisse par cœur, même si je n'ose pratiquement jamais l'utiliser.

La sonnerie me paraît interminable. Enfin on décroche. Sa mère. Flûte ! Pris au dépourvu, je bafouille comme un enfant pris en faute mais, tant bien que mal, je réussis quand même à demander si je peux parler à Bérénice.

— Ah, c'est toi, Zach. Bérénice est sur l'autre ligne, veux-tu qu'elle te rappelle ?

Comment m'a-t-elle reconnu ? Je la connais à peine et je ne me suis pas nommé… Il n'y a cependant aucune agressivité, aucune méfiance dans sa voix. Est-ce qu'elle attendait mon coup de fil ? Peut-être aussi cette voix saccadée, bredouillante, aussi peu sûre d'elle, ne peut-elle être que la mienne…

— Euh, non, non, fais-je en bégayant encore plus. Je suis à la bibliothèque et…

— À cette heure ?

— Oui, oui… Justement, elle est en train de fermer et, euh… je devais remettre à Bérénice un travail à rendre demain, et…

— Mais nous sommes vendredi, Zach ! À qui devez-vous rendre un travail demain ?

Quel idiot ! Je m'enfonce de plus en plus dans mes propres mensonges. La mère de Bérénice doit le sentir. Je vois d'ici son sourire narquois, j'ai l'impression qu'elle joue avec moi comme un chat avec une souris. Ça y est, je transpire abondamment, ça coule le long du combiné de téléphone, sur mon poignet, sur mon bras…

— Allons, Zach, reprend-elle alors d'une voix douce. Ne prends pas la peine d'inventer des histoires si tu as envie de voir Bérénice. Tu peux passer maintenant si tu veux, il me semble d'ailleurs qu'elle voulait te voir…

Après avoir émis un vague remerciement, je raccroche enfin. Je respire un peu mieux. Je passe pour un imbécile, une fois de plus ? Tant mieux. On ne pose pas de questions aux imbéciles, on ne se méfie pas d'eux. Allons, puisqu'on m'y invite, en route.

Il ne me faut pas plus de dix minutes pour arriver devant chez elle. Cette maison est toujours aussi imposante. Je n'ai rien contre les dentistes mais tout de même, se construire un château sur les caries et les dents creuses…

Alors que je m'engage dans l'allée, la silhouette de Bérénice apparaît à une fenêtre de l'étage. Sa mère a dû l'avertir, elle guettait ma venue. Bérénice ouvre vivement la fenêtre et me lance d'une voix étouffée :

— Attends-moi ici, j'arrive.

Quelques secondes plus tard, la porte s'ouvre. Derrière Bérénice, j'aperçois sa mère. Celle-ci me décoche un grand sourire tandis que Bérénice descend les marches de l'entrée.

— Ne vous éloignez pas trop, glisse-t-elle d'un air complice.

Bérénice hausse les épaules et me rejoint dans le jardin. Bérénice est là. J'oublie tout le reste…

— Tu as écouté les nouvelles ? me demande-t-elle à brûle-pourpoint.

— Non, je n'écoute jamais la radio, tu sais. Mais ma mère a dit quelque chose au sujet d'événements survenus au parc… Je suppose que la police a retrouvé le cadavre d'Alain…

— Celui de Matthieu aussi, ajoute Bérénice.

— Matthieu ! fais-je avec effroi. Mais comment…

— On a découvert le corps d'Alain à quelques dizaines de mètres de la passerelle, à River Park. Et celui de Matthieu dans une voiture accidentée sur Glenmore Trail. Il semble qu'il y ait eu poursuite, selon des témoins. La police penche pour un règlement de compte. Le couteau qui a tué Alain se trouvait dans la poche de Matthieu, et les deux appartenaient à la même bande…

— Matthieu assassiné, lui aussi !

Ma voix n'est plus qu'un murmure. Je suis blême. Bérénice remarque mon trouble. Elle reprend :

— Voyons, Zach, que se passe-t-il ? On dirait que c'est toi qui l'as tué.

— C'est un peu ça, dis-je en ravalant ma salive. J'en ai eu l'intention. Toute la journée, je l'ai cherché. Je voulais le supprimer, le tuer froidement…

Bérénice éclate de rire.

— Toi, Zach, tuer quelqu'un froidement ! À qui voudrais-tu faire croire une chose pareille ?

— Tu l'as pourtant bien cru, toi, hier soir, quand tu es tombée sur Alain…

Bérénice se tait et me regarde gravement.

— Oui, peut-être, fait-elle. Mais je n'avais pas toute ma tête. Ce n'est pas tous les jours que je rencontre un cadavre à côté du blouson de mon meilleur ami. L'essentiel, c'est que tu n'y sois pour rien. Tu n'es pas un tueur.

— J'en avais pourtant la ferme intention. Vouloir tuer quelqu'un et le faire vraiment, c'est pratiquement la même chose. En tout cas, au niveau de la conscience, la responsabilité est la même.

— Arrête, Zach. Là, franchement, tu délires. Tu ne peux pas endosser la responsabilité pour tout ce qui se commet, même si tu l'as souhaité. J'ai bien souhaité la mort d'Alain, moi…

— Et il est mort…

— Ça n'a rien à voir! s'exclame Bérénice. Si on raisonnait comme toi, on serait responsable de tout.

— Responsable de tout, bien sûr. On ne fait pas impunément partie de ce monde.

Bérénice secoue la tête d'un air las.

— Tu es fatigué, Zach, et tu penses trop. Tu n'es pas là pour porter la misère du monde. Cesse un peu de te torturer toi-même, oublie les problèmes qui te dépassent et contre lesquels tu ne peux rien. Tout ça n'en vaut pas le coup.

— Qu'est-ce qui vaut le coup, alors?

Bérénice ne répond pas. Ma question la prend au dépourvu. Ce genre de question prend toujours au dépourvu. Les réponses ne sont que des phrases toutes faites, auxquelles personne ne croit, mais qu'on se sent obligé de placer à tout propos. Des niaiseries du genre les fleurs, les petits oiseaux, la vie…

— Je ne sais pas moi, reprend enfin Bérénice. Les fleurs, les petits oiseaux, la vie, quoi…

Cette fois, c'est à mon tour de sourire. Bien sûr, elle l'a dit. On ne peut pas y échapper. Nous ne sommes pas libres, nous n'avons même pas le choix de nos répliques.

C'est comme si cette histoire avait déjà été écrite par quelqu'un d'autre, comme si nous n'étions que des personnages de roman. C'est sans doute vrai, dans le fond. J'ai toujours eu l'impression de ne pas exister réellement...

# Table des matières

# Les titres de la collection Atout

\* Lecture facile          \*\* Lecture intermédiaire